做一個有用的人
先要拚命無恙

「你的日子如何，力量也必如何」

時維庚子年，心痛的事排著隊，不以星期計，是日以繼夜。

對於眼淚，我向來毫不吝嗇，流淚好，哭到累了，人就睏了。

就在為那些恐怖直播令眼睛紅著入眠，為陌生得何其熟悉的逝者傷逝時，跟我最親的至親忽然離世。

那一刻，像一輩子，不介意狂哭當歌的我，第一次希望人的淚腺會有失能的一天。

過去自我療癒的快門關上了，曾經説過的：啊，這事情就像一個錘子突然重重打在胸口；可是打在心上，不斷打，心頭大石也有碎裂的一天，所以，這個比喻也不再恰當。

我很擔心，太多不堪的回憶，餘生都不能抹去。

同時反問，即便不堪回憶，但會捨得忘記嗎？

例如親手一按，沒想到會以這樣殘忍的速度送進焚化爐。

例如親眼看著，生命象徵的線條，有秩序地緩慢墜落直到零。

事發之後最初，我連聽到她姓名裡其中一個字，甚至 ma 的發音不小心說出口，那個大錘子又重擊了一下。

身為《愛得太遲》的作詞者，如今才知道不只是遲與早，而是，我比想像中更愛更愛她。

如今常存的有信、有望、有愛。

我深信她其實不太能理解我都在為何而忙，只希望我穿得夠、吃得好，為了承傳我們之間的愛，就只能用愛填補失去的愛。

所以，在哭到抽搐之際，我仍然記得我所愛的工作，難過有時，是時候要完成翌日的專欄，我警戒自己，不能用她的離去作為捨棄責任的藉口；時代那麼壞，這才是值得她愛的好兒子。

如果要真正孝順，我會忤逆她的意願，會繼續拚命追求捍衛正在被扭曲的價值觀。

如果真要拚命，我會銘記她永恆的要求，吃得好、穿得夠，若那天來到，真能團聚，才能說一聲別來無恙。

對我來說，這期間學到的是：個人白事與眾人大事交集一起的痛，都因為愛，而兩種愛的本質上並無分別。

愛，提醒我們曾如何死去活來，所以才要更堅強的活著。

2019跟2020就像結成一塊，一塊石頭，想不想起，它也在心裡。

那麼就跟這塊石頭和平共存吧。

平和有時，有時候內心戰鬥太久，要安歇下來靜思。

堅強有時，有時候強悍到神經繃緊，軟弱一下又何妨。

難過有時，有時候過不了自己那一關，不如放過自己。

努力過活，拚命做人，在非常時代，更要保住生活日常。

天下間暫時最靈驗的心藥，叫分散焦點。

這本現代詩夾帶著散文的書，就像我們情緒節奏，起起伏伏，忽然紀念那些如詩短促的青春，忽然寫對香道茶道書道賞畫的體會。

這何嘗不是療癒：過程有時比結果重要。

因為「你的日子如何，力量也必如何」。想保無邪之軀，還是必須好好過下去。

那麼，直到現在此刻，我痊癒了嗎？還沒有，不著急，也不忍心痊癒。

身為《拚命無恙》的作詞者，我會說，我不會做個放下她的我，只會「努力過活，拚命無恙……無非很想你想念我善良」。

想做一個更好的人，有用的人，先要拚命無恙。

無恙

從那裡　抑或是　這裡
我回來了
終於　於是　是否
離開
回來等於離去
離去未必回來
來來去去不是一個可以無限重複的疊字詞

我好嗎
我與　你　你們　與　我們

個人與集體與親人與友人與人情與物情
感情無非是一條蜿蜒舞動的生命線
匆匆　慢慢　忙忙　慢慢　匆匆　慢慢　忙忙
握手剎那
摸不著

我好嗎
在那裡感念這裡
在這裡懷念那裡
你拚命活著
在屋簷下

我拚命從你影子長大
活成一顆星
猶如
孩子俯瞰大人
靈魂之於肉身

你好嗎
來不及問你喜歡
玫瑰的顏色
又可能是百合　白菊
這世界需要花

供奉我們肌膚曾柔滑如絲
合十不一定掬著淚
如果離開你等於我回來
就沒什麼好遺憾
所以
我很好
不是以嘴唇牙齒舌頭
拚
出來的三個字
繼承關於你一切的遺產

繼續吃你沒吃膩的維生素
是清醒與助眠的力量
夢境讓你變成嬰兒
我帶你去看房子
半路就迷途
沒關係的
一個海岸即一個天堂

只要記住你模樣
未必有別來
必然無恙

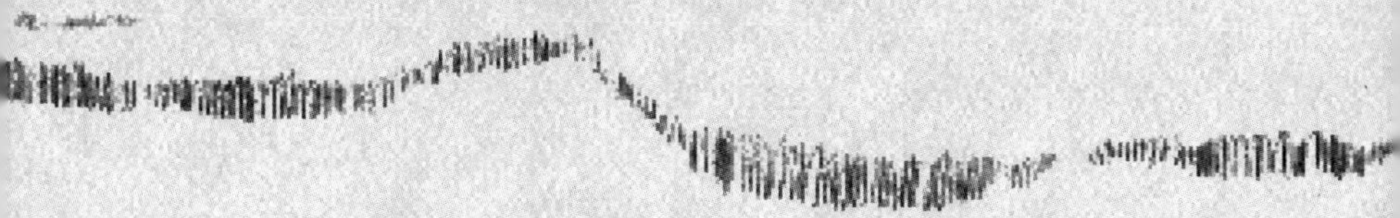

拚命

拚命
不只是一堆數據
當
生命象徵
成為常識
才頓悟
你嘴唇牙齒舌頭
拚
出完整一句話
需要此生努力的總和

：我想「」不「」「」不「」想「」

留白
於是成為
我　與你的「」

人和人和人和人和人
糾結到最後
紅點閃動如豆
蹦跳蹦跳
無非一條蜿蜒舞動的感情線

向上　向上　向下　向上　向下　向下　向下　向下
在握緊與放下之間掙扎
血脈相連而中斷而相連
經精密儀器測量
世界給你的壓力
漸漸微微
點滴　一滴一滴一滴
卸下
我們隨之拉長成筆直的平行線

或許是呼吸太久
堵塞了一雙肺葉
五日百日千年如一日後
終將如瓣
等待　另一邊
墜落
柔軟一下我脆弱的心臟
足以拚力承受
轉身　回首

你如赤子
如初識
揮手

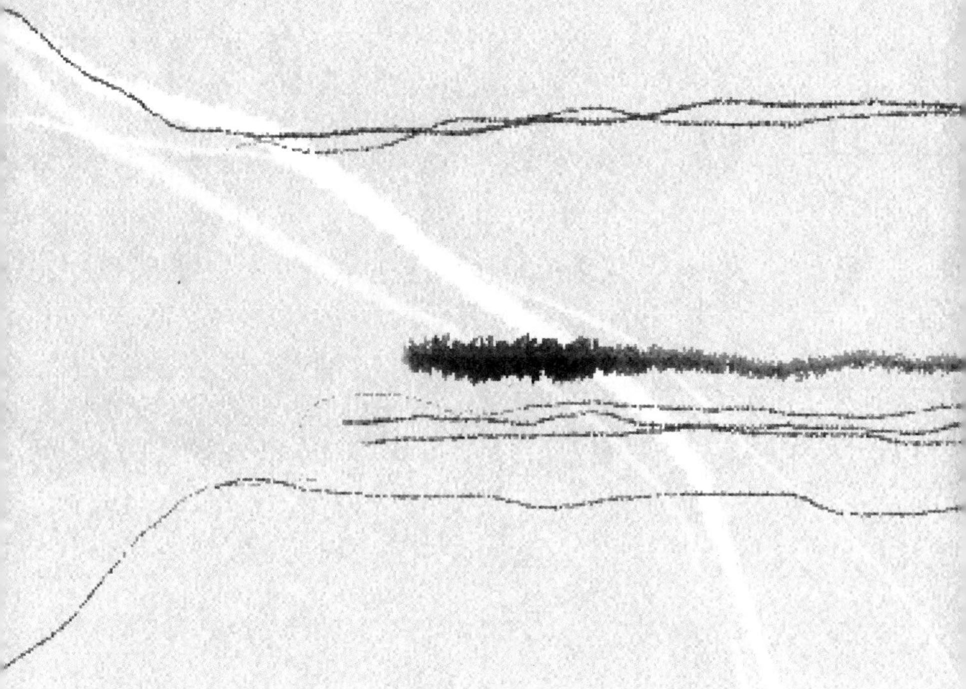

目次

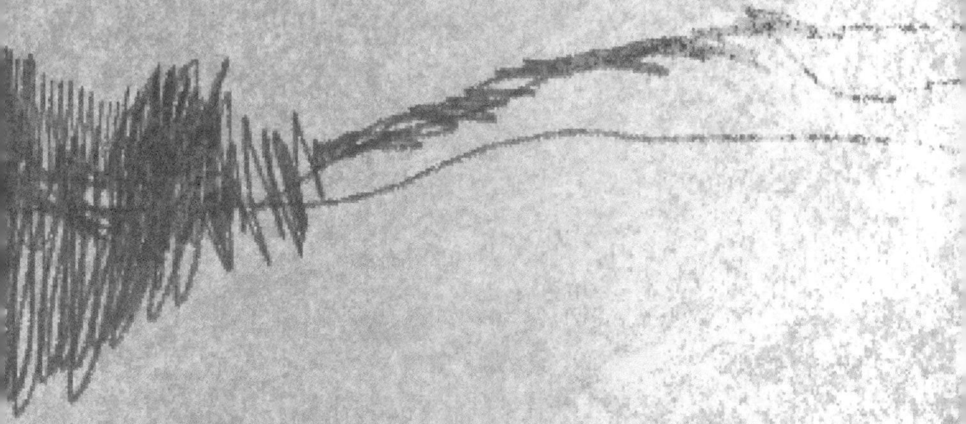

不枉
如詩短促的青春

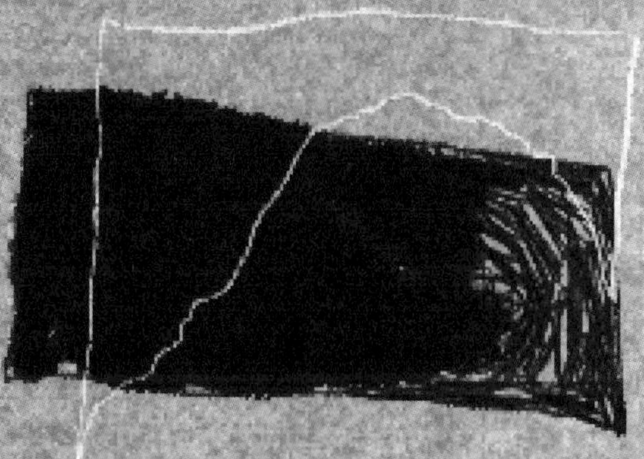

不枉如詩短促的青春

何止像做了幾十年夢
覺醒原來活於驚恐
如手足失散
但所有面容
似水倒映星空
無非用汗血追我夢
還祈求無名氏也認同
如枷鎖會換取到自由
記憶的傷口
痛都不覺痛

若那天出現
也不枉這年
如詩短促的青春閃爍若電
如夢仍沒有如煙
能令世界改變的初衷不變
你我都未枉命中這一戰
會看到那天
要看到那天
信會有那天
■

凝望世界絕望時

當我砸爛了電視電腦電話
當我恨不得不看不聞不問
也要留下一隻眼睛去看你
當天空落下的都只有髒水
當陽光都為抓背影而普照
也不怕放下傘子與你漫步
當我雙手抓住自己的臂膀
依然堅信懷中擁抱的是你
當因為有光必然惹來黑影
我照樣能夠摸黑想像著你

哪怕只剩下我倆沒改變過
即使你消失好像從沒來過
就把你餘下的生活一起過
你說過對這世界已經絕望
我說對自己人生沒有失望
■

如果那一天還沒到來

如果那一天到來
該有彈殼殘骸
證明唯一真相的存在
會有平靜感慨
補償口號嘶喊過的無奈
那萬人傳唱的歌聲
有勝利的悲哀
應該還有被釋放的呼吸
應該還有七色的虹彩
如果那一天到來

當時年輕的生命
也許早已不在
不枉如水的青春如石沉入壯闊淚海
湧過大世界命運由小我主宰
當年已經老朽的腦袋
跟時代腐爛於棺材
如果那天到來
慘痛的回憶支撐著愛
仇恨燒成灰燼掩蓋大台
如果那一天還沒到來
蒙面的一代

純真不變的臉龐用皺紋
刻劃夢想的年輪無悔不改
在這不受應許之地
如果那一天還沒到來
就等待
那個受詛咒之地如紅海讓黑白分開
即使那一天還沒到來
依然值得期待 ■

在荒蕪裡長出一朵花

缺水啊缺水啊缺水啊缺水啊
有一種識見叫共識
另一種常識叫通識
人造的甘霖
止不了說真話的嘴巴的渴
上天硬要不下真正的雨

大地
若沒有不龜裂的條件
泥土割蓆出縫隙就是義務

養分不一樣
兩種土壤
種下不一樣的種子
荒蕪正是對信念考驗
遍地開花了
不必急於等待
早晚會出現的結果▪

進擊的巨人

唯一不能被搶走的只有想法
但思想可以被漂染
唯一不肯被割讓的只有心臟
但靈魂卻可以被收購
唯一不可以遺忘的只有希望
但悲觀卻可以被現實植入
唯一不可以放棄的是未來
但昨天卻可以被業障換到今日
唯一不能勉強的是幸福
安樂的定義卻可以被竄改

在這場被動與自主的戰役裡
擁有太多的巨人妄想進擊
自己先被利益俘虜
唯一的強者就是一無所有的人
只有空
才能抵抗色
可以被打垮
卻沒什麼可以崩潰的
■

老闆級肉傀儡

木偶戲中的木偶，本來只是假人，用吊絲或人手操縱動作，發展到後來，居然有了真人偶，小童由下面的人捧起來舞動，稱為肉傀儡。

肉傀儡不能言語，卻要做出配合幕後台詞的表情，也真難為了三歲小兒，未懂人事便要練就不屬於自己的技能，按大人的劇本擠眉弄眼。打肉傀儡這份童工，又累又無聊，保不定肉身未老靈魂先衰。不過，為求溫飽，那叫無可奈，填飽肚之前，必先委曲自身，誰也不能倖免。

人大了還得繼續當肉傀儡，也沒法，家家有難念的苦衷。你老闆，若有個天地不能易其志的想法吐了出來，卻做好做歹也擺出一副要聽聽你意見的姿態，此時此刻，你想到要安身，先不問立不立命了，做好做醜，也得好好配合，也許還可以自行加個戲碼，先思索一番，有點猶豫，然後再昂然投贊成票，以示並非盲撐，是英雄與狗熊所見略同。誰叫你要打工，只能渴望自己有機會做老闆。

可有些人大到已達知天命能從心所欲的階段，依然以演木偶戲為榮，還要搶戲，難道也有什麼不足為外人道的樂趣？

這些月這些天以來，一個個肉傀儡，操大人的腔扮小孩受人指點的表情，詭異如鬼上身。查這批人肉偶，即使不是巨富也衣食無憂，即使不是權傾天下也無須任人宰割，巴巴的趕集似的去當傳聲筒，搶著幹太監的活，有什麼好得意？自己非生於斯也發跡於斯，面對此地生關死劫，居然沒一點自己的意見，只起勁地傳話，或扮乩童洩天機，勸人認天命。都老皮老肉了，活成這樣，不知臊，也知道累吧？人該越活越清閒，也有些人一直活得很累，但累得有價值，就不覺累不嫌累。

當肉傀儡又有什麼價值？就貪圖進入一般人民不能進出的大會堂，就很像個老闆了？從三歲小孩眼中看來，這真是千古奇聞，自己不是大老闆，也是許多人的老闆了，莫非嫌上輩子打不夠工，老闆們都急於找個老闆，自貶一下身分，老闆畸戀老闆，為過一下久違的抱大腿的癮？你老闆。

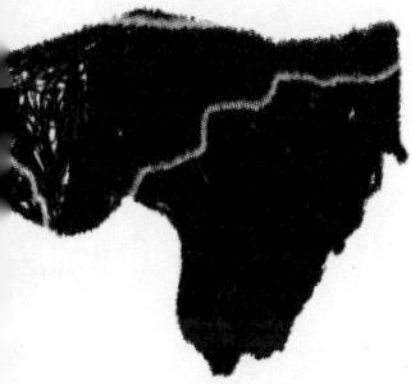

如果那一天還沒到來
就等待

吃自己靈魂的晚餐

忽然又像漸漸
在浴缸裡唱了很久的那首歌
繁榮繁榮繁榮
泡沫一個個往上升
爆破前的水分
提早降下一場場黑雨
把人心洗白
如果災難早晚會來臨
對於身或心的死者而言
在還沒完前被下咒中蠱

不得不下跪之前
驚醒了全世界
原來吃飯前不是要禱告
而是要懺悔
吃下的是自己的血肉靈魂
剩下的選擇是
對不起
或是對不起了
我沒那麼餓 ■

不許問，更不許自獻殷勤

練就一身看人眼色的本事，用武之地大把，最莫名其妙的出路，莫過於當太監與宮女。據說侍膳太監得記住上回主子口味，在哪碟菜上夾多了，下回就把這菜放前一點；沒動過的，往後挪。

為什麼不直接問，今天喜歡吃什麼，小的幫你；大家坦白，豈不省事？不，主子意願，哪怕只是想吃哪道菜，也不輕易洩露，那也是皇家機密。機密越多，人越神祕，不神祕，何來權威？太監自然也不得隨便揚聲，嘴碎了，何來卑賤感？

白頭宮女在《宮女談往錄》裡憶述，一枚資深太監，摸了四十多年也摸不透主子的口味，「老太后的思慮比山高比海深」。這名叫張福的老太監當年教宮女伺候慈禧吃飯之道，當奴才的「眼要精、手要靈，要瞧著老佛爺的眼色行事，老太后眼瞧哪個菜，就往上挪哪碗菜。也許你挪的菜她不吃，那沒關係，重新再挪，但千萬不許問，更不許自獻殷勤，像狗搖尾巴地說，老佛爺，這個菜好吃，請您嘗嘗。或者說，這個菜新下來的，您嘗嘗鮮……那可不行。老太后用眼一撩你，旁邊立著執家法的太監就要呵斥一聲，不許多嘴。」

這就對了。想勸食，或作美食推介，你以為是自己人過家居日子？最高明的奴才，有自知之明，沒能耐也沒資格問主子心思，只能琢磨，磨好了也不要讓主子知道你知道。真難為了奴才，不熟性的做不長，知根知底又聰明外露的，命不長。

一個人是怎樣走上自閹之路，總有千般苦衷，若僅為吃，所謂食粥食飯，就要自己看著辦，這口飯吃得提心吊膽，越吃越短命，自然寧可昂首吃粥，勝過低頭吃飯。那張福也算是個高級奴才，手下也有人供他使喚，宮女卻總結此人如下：「他低著頭來到這個世界，又低著頭離開這個世界。咳，大多數的人都是這樣吧。」

大多數人何苦都要這樣？但別說，幾許吃飽了撐著的人，竟熱衷於看人眼色行事，一路直奔太監之路，腦袋被閹割了不覺，以為下面雙卵健全，吊著嗓子吆喝，威武著。

會懺悔的人有福了

如果我們都罪孽深重　低頭
懺悔的姿態是否過於輕盈
走在人間長廊裡總是越走越多
錯失　輕忽　無視
無心的傷害也是傷害
有心而無助也是無助
對於遺憾　別隨便回頭
很多人不會有內疚與恥感
有些人背負過去一直走很慢很慢
對不起任何一個人都鑿在懷裡

每一次輕微刺針亦如重重一記大捶打
心臟跳動著被琢成雕刻般展示人生有多不容易
良心太硬自由因此如琉璃
每一步都踏著玻璃碎而來
所以會懺悔的人有福了
存在不再如羽毛
生命無論長短靈魂都比別人
重■

對，你錯了

為追求對而反對者
對的是對做錯了的人做對的事
錯的是錯看了做錯事的人會做對的事
以上

對對錯錯錯對錯錯對對錯對對錯
沒做錯觀念的人會認為
這是判斷對錯的人所不能理解的事
為堅持錯而反撲反對者
對的是對做對事的人逼迫得更勇敢
錯的是錯估了做對事的人的韌性

而
在對與錯之間
最錯的是投機而站錯邊
在絕對的是非黑白面前
最錯的是怯懦地中立
解決了提出問題的人就
解決了問題
而得到了錯的答案
對雖然不一定能糾正錯
對，你錯了
答錯了問題
問題一樣存在■

錯了又怎麼樣

對不起別人
內疚一陣子就好
原諒自己有好多方法
卑鄙的可以用
不可含怒到日落勒索教徒
嬉皮臉會說
別拿人家的錯懲罰自己
一句大人有大量
好讓剛正不阿者
淪為小器的小人

自甘墮落者的
免死金牌叫
人誰無過
很多都這樣
我並非唯一那個
很多人都自私
我只是
自利而已
錯了又怎麼樣
真正自愛者
自責一陣子就好
自省再自律
是一輩子的事▪

曖昧

你問她還可以怎樣
問錯問題了
她本來什麼都不做就好了
你問他們還想怎樣
問錯問題了
他們沒想怎樣
我們被賊人搶走
被強盜打劫
只不過是喊救命而已
你問為什麼看不到有損失

問題問錯了
我們應該問
欠了她什麼
你問為什麼是我們
問題問錯了
我就是他們
你本來也應該是他們
■

追不上上帝的速度

動 物 之 中
人是明知也會故犯的物種
在禁果被偷吃那一刻
所有人都有罪
在上帝還沒頒下特赦令之前
罪人與罪人之間
也可以互相寬恕嗎
罪人得罪了另一個罪人
受害的罪人
趕不上上帝寬恕的速度

心裡還有一根刺
是否罪加一等
若勉強看不見
自己眼中的梁木
是要成全上帝的仁慈
抑或在傷口上貼上
十字架的繃帶
讓受害者偉大起來
與原不原諒無關▪

只有地獄一念不能成天堂
天堂一念即成地獄

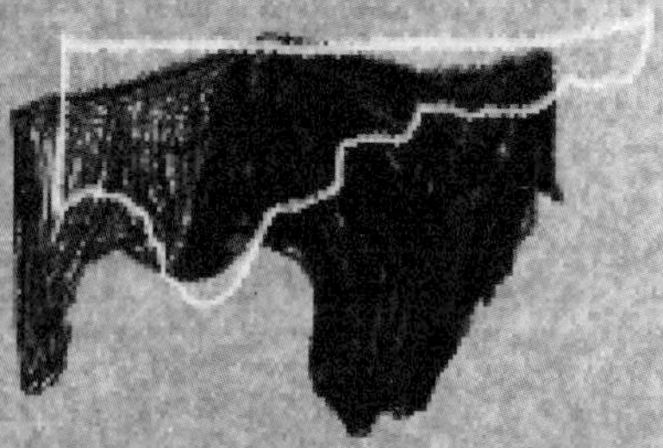

場地轉移

廟宇可以變避世的煲底
煲底也可以是行人間道的道場
香火鼎盛之地可以匯聚貪嗔痴
宗教場所可以變社交場合
教徒身分可以換良民證
工廠可以變個人起居工作室
太空艙可以是歸宿
歸宿可以變終身賭場
還有什麼不可以呢
茫茫大海　既然

她說這是個島
於是就有了島
乞求權柄的奴才換成
比玻璃脆弱的暴徒
看透了碎裂的前途
讓九唔搭八的議事
變成亂七八糟也只是剛剛好
只有地獄一念不能成天堂
天堂一念即成地獄
▪

睡也好，醒來也罷

準時醒來
卻沒能定時入睡
也是在控訴著生活壓力逼人
還是自找的煩惱呢
失眠
與不忍心就這樣睡去
差別在於
閉上眼睛而沒有入夢
或者撐著眼皮而
目擊噩夢

每個人都在
工作工作再工作
捨不得休息的這段日子
有人把街道視為辦公室
有人在家中加班
睡也好
醒來也罷
都是清醒了
才會做夢▪

知道了

知道了
前後共有五個人
告知你已經不在
我只回覆一次
知道了
有點像　皇帝在大臣奏摺上
的硃批
像多說無益
也像無話可說
又像盡在不言中

若真要有感言
就是你在時也已沒怎樣再見
知道了
也才會想起你音容
在不能肯定有沒有交集之前
知道了
也只是確認不會再見
冷與熱其實恰如其分
罷 了■

強

強啊
打一個噴嚏
就能叫地球震動
可是那噴嚏何來
何以要別人震動
當然任何一個病人
一直在腐爛著
還不吃藥
衝出隔離病房
那叫不道德

北冰洋微微發燒
也會要地球折壽
不見得融化的堅冰
自覺驕傲
要強迫別人害怕自己
是弱者所為
弱者敢於不戴口罩
迎接噴嚏
才叫強▪

無力的力量

如果憤怒是一種力量
就讓我們憤怒
盡量溫柔地

X　Y　Z

鍛鍊懶洋洋爆粗的能力
堅持已經無力也是一種力量
背不起習慣這個包袱
扛不起不適任的責任
怎麼出力
都點不起沒汽油的打火機

何嘗不是戒菸的動力
只有癱瘓下來什麼也不做
就知道還有什麼可以做
做個無知新鮮人
自覺無能
還問什麼結果
被殘花放棄了
在膚淺的土壤裡
就安心做顆種子吧
■

小我

地球不為任何人而轉動
是我們被引力弄得團團轉

花不會因為我們而開
一個人的動作卻可以毀掉
整個森林

閉上眼睛的時候
天空不因此而漆黑
在彩色的白日夢中醒來

睜大眼睛
世界卻反而暗黑

明暗也並非無常
黑海中的燈塔總看得見光
光天化日下的黑幕
永遠等待我們
洞穿■

喜歡畫就畫，講什麼天分

我有個朋友，學習了水墨畫好幾年，是跟有點名望會開畫展的老師學的，可見不是鬧著玩，是要在繁忙工作了一整天，下班後每星期定時上課的，可見付出時間精力的代價不少。可是，他有次忽然自白：「其實我自知沒繪畫天分，只是喜歡看畫，然後就想到不如自己也畫一畫，體驗一下是怎麼回事。」

我聽了大為敬佩，不，應該是敬重景仰。自評沒天分而堅持定時定點去學畫畫，毫無野心拚勁、不打算要做出一番成績，在這個目的掛帥的功利世代，難道還不值得景仰？只要想想，一個意志堅毅、訓練多年後的運動員，如果他輸了賽事之後自言：「其實我資質體質都不是奪獎的材料，我是來玩的。」只被批評浪費自己生命，已經僥倖了。

學校教育以及社會風氣都有把聲音在嗡嗡嗡地教誨我們：「你不是這塊材料，就別妄想有什麼發展。」要有抱負、雄心，這番用心良苦，在別的領域可能有道理，很管用。在藝術文化這自由世界，發展、成材，聽了就肅然起敬到無趣，能不能鬆綁一下呢？嘩，發展繪畫的話，就是要以開畫展為目標？機心太重，成績先行，即便闖出名堂，也只能敬佩人生規劃做得夠成功。

因為喜歡畫，所以畫，不是這材料也不求所謂「收穫」，當然也不是沒回報的。讓我補充我那朋友沒說的：「過程固然就是享受，親自動筆畫過一草一木，畫得很難看也是收穫，以後看名畫，每一筆都比別人看得更通透。」繪畫與書法，起初都應該是基於喜歡而已，發自原始本能，小孩子愛亂塗鴉，愛就自然會動手，不必學習技法，也斷不會想到什麼陶冶性情、更不必說志業是要成為拍賣會上當紅畫家。

愛都是自發的，為利誘？利益壓頭上，怕連日久生情的機會都會抹殺掉。現行就有個精明反被精明誤的小故事。

話說某人，堪稱人生規劃王，某天問我學書法有沒有老師好介紹，看來很有心，因為有心，我便先考驗他的心，問他：「跟老師要上課的，你有時間嗎？你那麼忙，其實，有心的話，可以先上網看著學。」規劃王問：「有嗎？」我說：「要多少有多少。不過，如果你真有興趣，你大可以自己先寫寫，有空才寫。」規劃王說：「不行，毛筆啊宣紙啊墨汁啊都很有學問的，怎能亂來，我不是來亂的。」

這下子輪到我錯亂了：「你老老實實告訴我，你有沒有拿起過毛筆，哪怕是科學毛筆寫寫？紙張也不必講究，隨便一張 A4 紙也可以。」規劃王說：「這怎麼行，聽說紙張不同，墨汁暈開來也有不同效果。」懂得還不算少，只是我十分好奇，萬分不理解，真心喜歡寫，還等什麼老師、管什麼選擇紙張的學問？你餓了會研究米其林打分數的準則嗎？當然是先吃為快，隨手在紙上用鉛筆什麼筆都會寫，連這閒暇也捨不得花、這動作也忍得住不做，唉，找老師，是不是太早了？根本就對書法欠缺飢餓感。

於是問規劃王到底想幹什麼，他說：「聽說練書法可以減壓，又可以戒浮躁，我覺得練字可行，想規劃一下成為生活習慣。」聽到這裡，我真是醉了：「如果你習慣了看見好書法，會不期然用手指比劃，在空氣中臨帖，再說學書法減壓吧。」

寫毛筆字戒菸

上文提到一名連消遣也要企劃一番的規劃王，忽然要學書法，急著想找老師。急，是因為自覺越來越急躁，寫書法可以減壓去浮躁，所以急著要學，卻沒耐性沒隨性地，試過用毛筆鉛筆鋼筆，甚至是蘸了墨的一根牙籤寫寫字。

我問規劃王有沒有看到覺得賞心悅目的書法時，手指頭會跟著在空中或是心中比劃。這其實是我個人習慣，很好玩，因為發乎自然，自自然然這樣做的時候，其實已經放鬆了綳緊的神經，投入一撇一畫的世界裡。

蘇東坡說「成竹在胸」，竹子的型態看太多了，到下筆畫竹時，胸懷裡自有相成的一片竹林讓你寫生。字跟畫同源同理，眼睛也可以是臨摹的工具，有一陣子在臥室掛了一副宋徽宗的瘦金體書法，看多了，無形的指頭跟著那線條舞動。這期間寫字，撇捺也不經意鋒利起來，特別是那個最簡單的「一」字，尾巴都比平時多了一個鉤。

這不只是個關於耳濡目染、潛移默化的體驗，也不是什麼特別的個人練字心得，只想說，一個人真正一頭栽進一個天地，會忘了為什麼這麼做，會忘我。「我」都忘了，會記得壓力或是記住要減壓嗎？

寫毛筆字最考人定力，毛筆字寫在宣紙上這動作，大概就是要減慢你的速度，如泡茶聞香，是強迫你節奏慢下來。只要稍微急躁，下筆帶點不耐煩，後面還有事情趕著要辦之類，是一定寫不好的。好的，狂草下筆可以很狂可以很快了吧，但心依然是靜的，所謂心無旁騖，不為時間下限所動。

天下間最美好的事，是我愛故我做。專注地寫字，若無所求，反而有多得。我有個不良嗜好，屢戒屢敗，就是抽菸，抽起來不能斷絕。但是好多次寫啊寫，精神都放在筆鋒上，又沒有想過寫完了要給人看，如是者兩三個小時，體力也消耗得差不多了，精神也散渙了，回到「現實世界」，才驚覺中途沒抽過一根菸，也沒感到有需要：原來菸癮是可以在執筆時放下的。

這跟寫歌詞不一樣，除了動腦筋會讓人緊張，歌詞要預備過製作人企劃歌手這些關卡，跟無機心地寫毛筆字差遠了。我懷疑有朝一日，是可以靠書法戒菸的。

所以，可以想像，規劃王滿腦子要戒躁要舒緩壓力，首先想到的就是時間，好不容易抽出一個小時，要有所成，又要寫得「好」，又要邊寫邊感受壓力有沒有減了？人有沒有舒懷了？這怎麼了得。失眠過來人都知道，越想入睡就越難安眠，眼睜睜問自己怎麼睡不著，怎麼有機會放鬆眼皮呢？規劃王必然會寫到大汗淋漓：怎麼搞的，毛筆停紙上多了四分之一秒，字就「壞」了，搞不好還會讓脾氣爆發。

如果真喜歡，就不會計較，失敗的經歷也覺得有趣。如果喜歡書法，還沒有執筆，看見印有蘇軾《前赤壁賦》的杯墊，也會先買來當家品用；

不用等故宮開放免費下載高解析度的書畫電子檔，也會在網路下載當電腦桌布吧。我很難理解也絕不相信，愛書法之人，竟然捨得不看看名家作品，連一本書法集都沒帶回家去，沏壺好茶，慢慢享受享受。既然是減壓目的先行，不如另選所愛吧。對規劃王來說，書法跟醫生書房的藥物沒有分別，只是墨汁沒有副作用而已。

憑字跡算命？

字如其人，這應該是很古老的概念了，現代人多打字少寫字，真要寫起來，就像一個很久沒有表現過自己的人，臉部肌肉繃緊已久，以至於笑的表情看似在哭，有什麼奇怪？我見過不少人寫字用筆笨拙，有點像小孩筆跡，若以為都是童心尚在，這誤會很美麗，只因為少寫，線條不流暢而有稚拙感覺，真人倒是老氣橫秋。莫非心裡藏著的那個小孩，從筆管裡跑到紙上？又有些人的字，用醜字去形容剛剛好而已，難道說，他們每一個是好人，要開鍘侍候？包青天大人，冤枉啊。

因為表現「真我」的技術生疏，不能作準，那麼操毛筆純熟如握手機自拍的大行家呢？技法掌握熟練自如，個性疏狂之人，筆畫多大開大合，那還算有跡可尋，不過，又正因為大書法家想怎麼樣就怎麼樣，隨筆隨興寫來就有千萬種變化，準繩度，大概跟真人秀節目類似，未必作假，不全真就是了。

若書法像星座，可以反映性格，那就要為這個毛筆字的國度長嘆十聲了。一本正經練書法，很講究傳統道統，更重視「程序公義」，通常先練好四平八穩的，再來少不了臨碑帖，跳過了這程序，一來就來亂的狂草，連現代的老師都會嘮叨幾句：「學壞手。」不鼓勵個性飛揚的傳統，可見一斑。

而自魏晉有墨跡流傳下來這千多年，固然不斷遞變出不少風格；但若說人的個性就這幾種，連九型人格都湊不齊全，要不是反映這文化體制下，人民缺乏個性，也不鼓勵有個性，即使是藝術家；要不就是字不一定如其人，書法風格變化反映歷朝文化潮流大勢所趨，比較說得過去。

看書法當測字算命，最經典莫過於宋徽宗的瘦金體。瘦金體多稜角，細而剛硬尖銳，不藏鋒，用膝蓋都猜到，論者會怎麼批宋徽宗阿趙公子這條命？按勸戒人要明哲保身、不露鋒芒、剛直易折、木秀於林風必摧之、槍打出頭鳥的傳統枷鎖，必是短命種云云。

我懷疑，若不是我們早知道這個藝術皇帝的下場，未必就有這定論。若藝評家能穿越回千年前，又不知瘦金體乃徽宗真跡，按字論人，可能會批此人筆法有力，筆鋒如劍，是武人手筆，大有岳飛抗金之兵鋒也。當然，岳飛的命也薄如宣紙，又是另一回事了。

筆畫如鐵畫銀鉤，書寫人性情執拗，當然有可能。大藝術家趙佶投錯胎成了宋徽宗，嗜好是繪畫寫字開畫院收徒弟，正職是搞政治，容易嗎？在責任壓力下反彈，就不會變成個反叛青年嗎？若我說，這毫不妥協的稜角就是他對命運的抗議，對身分矛盾最尖銳的反嗆，也說得通啊。可書畫合一，徽宗工筆蟲鳥花草，細膩傳神，精緻華麗，又沒有書法作品裡所謂鋒芒的刺眼感覺，這又該如何說？說到底，這也許只是個藝術家對純美的追求而已。

香港古早年代有個書法老師佘雪曼，採納瘦金體出版鋼筆字書法帖。

國中時期中文老師有次在作文課後跟我說：「你作文還不錯，但字是文章的衣冠，你的字那麼醜，可惜啊。」那時年少氣盛，最受不得激將法，趁暑假時每天臨佘雪曼的鋼筆字瘦金體。暑假結束，再交作文功課，老師召我問話說：「怎麼了，你找人代你謄抄作文？字跡怎麼換了個人似的？」

我不是誇我學習能力高、意志力無人可比，可以連續練字兩個月不休息，我只是想說：字如其人？我人沒變啊，只是我的字跡一下子變來變去，我還是我，只是個書法素人，老師想太多了。

這毫不妥協的稜角就是他對命運的抗議

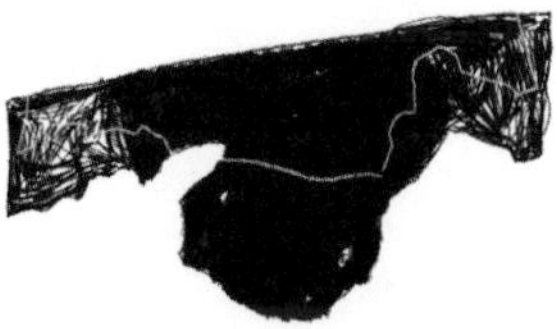

體質

未必有什麼父母就有什麼子女
嬰孩不是植物不能移
命硬就會砸破溫室或浮出水牢
未必有什麼上司就有什麼下屬
打工不是上課
牙齒健全可以反駁
肌肉發達才會成為跑腿
未必什麼人就有什麼朋友
免疫力足夠
就可以脫下口罩交　遊

那麼人呢
在這片土壤落地生根
你活得像蚯蚓
只在暗裡蠕動
只提供養分
卻從不檢查領袖的體質
所以有什麼人民
就有什麼政府■

人淡如菊

如果沒有了人
倘若那些人不是你們
繼續盛開如火的燈飾
那逼近天際線的高樓
也只是亮眼的地標
陌生如旅遊時看到的
任何景點
我們曾在維港畔說亦舒
他們在吃漢堡
如今人淡如菊

即使我們還是我們
他們不再是他們
站太平山巔看擁擠或
空洞的樓房
就像亦舒小說準時出版
過去的主角已跟這裡無關
航拍片段只看到
密密麻麻的人不分你我他
我們專屬的回憶
已成標本
栩栩如生
卻動彈不得
■

也無風雨也無月

即時新聞報導：天文台掛一號波，中秋有雨難賞月。

以為什麼驚天大事，沒得賞就不賞，這有什麼好遺憾的。都是受了文人蠱惑吧，其實每個月，月都會圓一次給我們看，就非得挑中秋這公眾假期迎月賞月再追月？港人理性，理想追過後就面對現實，無月可賞就上網賞別的東西去。

月有陰晴圓缺，好得很，滿月跟半圓月娥眉月各有好看處，基本上無法則限定哪種才是最可愛的，與人的悲歡離合搭不上關係，別受文人唆擺煽動。

真刮起風雨來，最大遺憾只是不方便露天擺陣煲蠟吹水吧，我們不是李白，別說中秋，平時大概也沒幾個人舉頭望過明月，更何況低頭去思故鄉；故鄉在此，不用相思，只費思考。

低頭族那麼多，偶爾舉頭望月，其實對頸椎有利，不止中秋，最好每小時都來個賞月運動，以顯港人務實本色。說實在，無論把酒還是把茶水望月問天，是偽文青都不會做的事，又不是拍MV，端個杯對月球興嘆，端給誰看。現代人普遍急躁沒耐性，想那頭一抬，唯一感慨就是何時再低下頭來賞手機。

可以想像，在維園賞月人叢中，若有一家人真的集體抬頭，不一會兒，或引得羊群舉頭，非關明月，只是以為天上有不明飛行物體，或是有直升機飛過，趁月圓人齊，丟下「有票梗係要」的傳單，祝大家圓滿和諧。嗯，又來了，別掃興。

中秋不管何故成佳節，我們提早演練，配合一下未來的主旋律，來點正確積極健康正能量的。科學家傑瑞米海華在《給凡妮莎的信》裡，說她那天真不知情的女兒，在途上看見月亮穿過電線，就說：「月亮掉下來了。」回家後，又說：「月亮回家了。」是的，不管多大風雨，月亮其實照常升起，只是烏雲一時蒙蔽了我們的眼睛，大白天回首，也無風雨也無月。月亮沒有仁不仁的，沒空管我們翹首或低頭，自己故鄉，靠自己思量。

花之殘。葉之凋

紫色在花瓣上苟活著
而顏色沒有永生
隨花的命而轉化
蛻變成藍又成黃又成白再成灰
像蝴蝶之翼又像用完的抹布
花心的罪魁原來是花瓣
比起葉子硬起來後
只堅持一種顏色
只有漫天黃葉遠飛
紅葉也不例外只有黃

變軟
是花瓣完成粉飾人間任務的前兆
變硬
是葉子放下支撐生命意義使命的結果
葉子也能結出果
只為致死不屈■

人間凶器

頭盔眼罩雨傘牙籤鑰匙
直到一瓶生理鹽水
非法自保也是非法
關鍵是腦袋裡的想法
腦漿溢出來的黃色物體
不打一打不知有否違法
如果被打是必須的
要一絲不掛才合法
但是被砍的肉身也是一種人間凶器
會碰瘀打人者手中的虎口

陽光會刺眼
鮮花會致敏
愛情會傷人
笑容會殺人
聖詩會礙耳
聖經會傷害魔鬼
十字架據說可以制伏殭屍
難怪
都是違法建設
■

東方之豬

從前有個管家說是後母
忽然注定似的又來了個生母
家教忽然不變

不孝有三無語為大
有人能順序侍奉有功
有更多人自覺成為孤兒
為人子者若只能孝順
惟有人不似人

嘗過了西方的牛排變成耕牛
餵飽了東方的飼料變成豬

如果孝子變成演變成綿羊
是精神錯亂威逼出來的
人渣就是利誘煉成的
懦弱與貪婪栽培一個大家族
不斷繁衍繼續昏睡
下一代在失眠中進化了
大家長卻從來沒有長大過
勇氣是恐怖分子的本性
思變是亂臣賊子的罪狀
要逐出家門
而離家出走的
其實最愛這個家 ■

政治金字塔

相反的動作
一樣可以遍體鱗傷
困在谷底會不斷要向上爬
走近懸崖會有躍下去的衝動
高處不會不勝寒
只是為了恐懼跌下去
反而腳步不穩以為自己會失足
最後自我預期成真
跟在井底要嘗試跳高一樣
空氣本來足夠呼吸維生

只是為了要看見多一點陽光
跌下來跛了腳再動不了
只有在平地上的人
在天空與地深中間
最安全
猶如置身金字塔中間的雞蛋
千年不腐
■

在鬼字頭下苟活

有生以來最接近靈異的經歷，就發生在那間廿多年前住過的老房子。之前有朋友投訴過有鬼影，但誰不曾眼花過？

後來有次回家，聽到水聲潺潺，原來是廁所裡水龍頭開著，熱水弄得蒸氣瀰漫伸手不見直豎的拇指。那水龍頭，可不是舊式會因鬆垮了而自動旋開滴水那種，而是需要把它托起再往左轉，才會有熱水出來。

我坐下來思考，應該沒有別的解釋了，沒法解釋，就沒必要探究；好奇心雖然是人類進步動力，可惜我不是科學家玄學家，沒天分本領去開拓這領域。曾聽高人說過，如果真與那些東西狹路相逢，儘可能側身避過，別跟它發生任何關係。用現在流行說法，別建立溝通平台不存在談判空間，就不會吃虧上當。其實無須要太高調，也懂得低調永遠是自保之道，槍打出頭鳥，你讓它知道你知道了，就如發現鬼家機密，才會惹禍上身。

我異乎尋常地鎮定，關上水龍頭，寫我要寫的。那刻，我果然是典型港人，不但以我很忙為榮，還因此沒條件再胡思亂想，只想著明天有人在錄音室等我的歌詞，公司還有個聽講很重要的會要開，三頭六臂也分不出神來搞鬼。做完了實務，倦意蓋過了懼意，若這真是間密封的鬼屋，人無法叫醒裝睡的人，鬼也沒有鬧醒我這頭睡得很香甜的港豬。這史實說明，它連一個好覺都無意剝奪，更沒必要害命。只要還能苟活，能吃能喝能睡，就別鬧事了。

再後來，添置了張地毯，不在走道上也沒踩過幾步，卻會循序漸進往左傾，每次我也保持沉默，敢怒而不敢言，只心裡嘀咕：我忍你。

現在回想起來，在鬼字頭下，和稀泥是別無選擇，為明哲保身，要像個商家政客，講實惠重妥協，大家既然都已經踏過了平行時空發生碰撞，和諧為貴，弄清真神假鬼為輕。人鬼殊途，各自將就，雖然活在同一個家，又不是要李怡與「白宮發言人」同檯吃飯那麼惡啃，磨合磨合，彼此就能湊合湊合。

徐克鬼片經典對白有云，人比鬼還可怕。我說著說著，才發覺人事與鬼事，原來顛倒過來處理，才是正道。人間事，即使關我鬼事，也不能當沒事人若無其事。

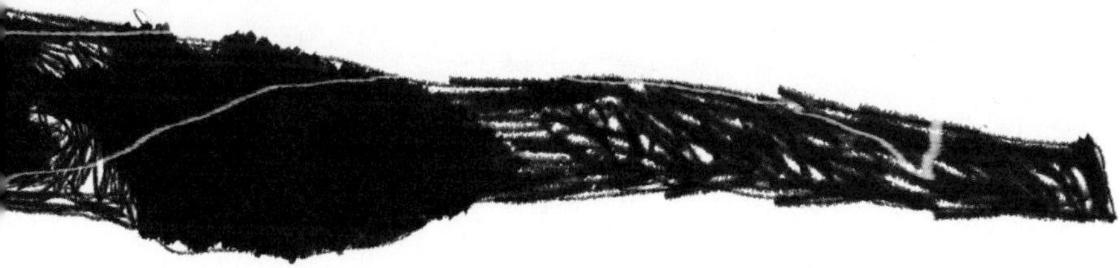

若這真是間密封的鬼屋子
人無法叫醒裝睡的人

表態

我愛我長大的地方
我希望這個家能回復平靜平安
我不認識政治
我反對一切暴力
我希望大家和和美美
我不喜歡鬥爭
我認為有什麼都可以坐下來好好談
我祈禱拜佛
我覺得世上沒有絕對的黑與白
我ＲＩＰ過

我非常心痛
我
我
我
我
然後呢？■

手指。槍與念珠

槍與手指
一直互相傾軋
到底是誰的功勞
維護了誰的權益
多年以後
又互相推卸
沒了誰就不會有人喪命
只有一排排子彈
排著隊等待爆破
染血之後在靜默中解體

有血有肉的手指
與木造的念珠
爭　　　　功
到底誰的功德更大
串連起一切的線
聽不下去
忽　然　斷　裂
■

假假真真的無從分辨

最後一爐香

點一根你最愛的線香
眼睛就會看見你
最喜歡的顏色
雖然那種味道有化學加工過
你聲線也如香霧繚繞
假假的真真的
無從分辨
據說氣味的記憶
比傷口的痛久遠
記得你曾看著窗外

催淚的煙霧
回我一個讚
當下我心如中彈
且沒有傷口可以剜出彈頭
你喜歡的香
嗆得我無淚可催
■

乾而不枯

這蓮蓬是真的假的
未生的蓮花叫蓮子
盛開的蓮花叫真花
死亡之前被標本化
成永恆花
枯萎以後叫乾燥花
人造纖維作假的叫假花
蓮蓬是花的果實
蓬裡蓮子是花的未生的來世
如果不用來吃

乾而不枯的
擺成一件裝飾品
看到的時候就是真的
收起來就是假的
就像某些法規會讓警察進入自家就是真的沒有就是假的
■

他們。阿們

不可犯罪到日落
晚禱正是自我釋放的時間
神若是全能自然有寬恕他們罪惡的耐力
禮拜上教堂禮拜同時
跟同道人打交道
在十字架下平安喜樂
成就地上現成的俱樂部
走出教堂就結成了主外的弟兄姊妹
行自己的公義憐憫自己人
不可內疚到日出

他們所做的他們都曉得
都樂得是神的旨意
包括無神論者安排的任務
反正永生有了保證
教徒身分就是他們的免死金牌
教會成了他們贖罪券的分發地
所以教堂
怎麼能不問是否教徒就
收容暴徒
別問他們是誰的教徒又誰的門徒
在上帝的審判來臨之前

人類已經先行為人類定罪
他們篤信的是
能赦免自己的神
無須懺悔
沾過血的雙手合十
一聲阿們
良知就鎖上了門■

造謠者

在唯一的真相沒出現之前
每一句話都可以是謠言
在封與不封之間
在罷與不罷之間
還沒有太多人死亡之前
都是一則壯烈的謠言
每個人搶購無用的防護罩滿大街的戴
是一闋無聲的謠言
不止我一個人
千千萬萬個背影在我身後

只不過不小心站前了一點點
在難得的陽光照射到的地方
謠言慢慢演化成真相
大白後
如果我沒死去
這世界何曾因此而改變
真正的病毒依舊蔓延▪

如果真相

畫面當然需要剪輯
否則監控器錄下的等於人生
報導是非
剪輯黑白
事實比影子模糊
生命比烽火虛無
無形的起因若是很難拍攝
有聲的結論等於說謊
同一件事情
起碼可以有兩個版本的圖集

如果新聞老去
即成歷史教科書
除了年月日時地正確
人物都會變臉
就連謠言都
充滿正氣
如果真相只有一個
那就是所有人都有個隨身錄影器
追尋起來
需要億億萬年
全人類壽命的總和
■

出XX記

摩西分紅海出埃及
黑壓壓的人分開人海
救護車緩緩走過
人潮合攏回一片人海
本來就是自願進去的
又可以走出哪裡去呢
被困住的不是他們
怕失去自由的人
已經有了自由的心
被包圍的是

最有權力的
囚徒
失去反對或贊成的
自由■

真空的訴求

放空放空放空放空放空放空放空放空放空放空放空放空
像真空瓶子
擠壓到真正空無一物
無菌也就潔淨了吧
排斥風吹起和風的誘惑
抗拒煙霧彌漫的恐懼
空的空氣
也是空氣
生來心頭雖則像洩氣的氣球
在墜落前吐進最後一口污氣

死後信念仍如金剛堅硬
化成鉢子
內壁空無空氣
無所有也無所氣憤然一擊
吶喊高亢而清亮
在空氣撞擊裡
餘音如魂魄
微弱而不絕的訴求
■

萬物靜默如謎

殊

請各位乘客注意
只公布一次
現在是一個噤聲之旅
只要水滴水肩擦肩舌舔舌
若有聲
就沒命
要命的事情只提醒一次
郵輪船長也要保持沉默
等下一再重複

就等於發聲
無聲的怪物
將吞噬所有呼吸
如果你覺得無言等於死亡
請參考植物是如何在一聲不響裡
不能移動卻分裂出去
覆蓋土地
凡後悔做人的
請跳船■

撲蝶記

我恐懼
所以要殺生
打自第一次
輾斃一隻蟑螂開始
因恐懼而自衛而撲殺蜚蠊
這命硬古生物
腳底沾了白色恐怖的黏液
自從十歲時
頭頂以為有蝴蝶飛過
嘗試捕捉住美麗

打開來是咖啡色掙扎中帶腳爪的硬殼
狹長翅膀如舞蝶之落英
從此掌心再也洗不掉恐懼的穢漬
這場醜陋的誤會

告訴我
通往殺生之路
往往由追尋美麗
或爭取免於恐懼的
自由而鋪成▪

我們與惡搞的距離

真正的惡搞
笑一笑就是一生一世
先搞你的膝蓋骨頭
每個人須要有罪的時候
可以先射箭後畫靶
也許有一天可以爭取
犯哪一種罪的自由
不停悔過或比賽表態效忠
掐不住人的咽喉
也能封鎖食道

起搏器遙控心臟
搞得每個人保持著緊張
恐懼每天都像盂蘭節的狀態
然後告訴你沒事的
每個人於是感恩戴德
這不是二創
是老祖宗傳下來
第一手永恆的惡搞
■

遊民

不　敢　外　出
外面的世界不屬於我
我沒有時裝足以進去名牌時裝店
珠寶首飾橫加身上會更像賊贓
藥房找不到治好我的藥
地產代理門外看不見我的夢想屋
連窮人恩物都沒資格接受
我的夢想只差一口氣
氣球就爆了升不了天
不　敢　外　出

回頭路上
巷水漬倒影如鏡
我就像爬行在水泥牆
患上驚恐症的蟑螂
一下子閃躲回罅隙裡久久不敢出來
我無業也不敢做遊民 ■

集體綁架

一堆流氓
把自己困在自己設計的寬闊牢籠
錦衣玉食後整容成流氓般的綁匪
也用食物鏈捆綁所有人
剩下一張嘴
能自由吃喝
最妙的是
天下之大莫非綁匪的牢籠
到了天邊海角
在金造的窗櫺裡

他們照樣享受
不能免於恐懼的自由
在這條鏈的最底層
被人吃了
連骨頭都不屬於本人
燒成灰也不過成為肥料
倖存者則盡了囚徒的本分
發揮寬宥原諒忍受的傳統美德
■

我與我們的歷史

你永遠牽掛的一個人
不一定會記得住你
一起活過的證物
你的個人史
死物虛無
事件長存
有些愛
就只是情事
不超過一輩子
所有逝去的人

做過的事講過的話
兩代之後
只剩獻給誰跟誰的
鮮花
我們惟有牢記歷史
歷史才會記住我們
■

玫瑰若不叫玫瑰

玫瑰若不叫玫瑰，也無損其芬芳，莎士比亞如是說，彷彿在說，名字的真義是虛無。假設有外星人來訪，在他們「無分別心」的眼中，所有無名字的花，香即是香，本來長這樣就是這樣。我們地球人，長了點知識，至少知道什麼花叫什麼名字，便為時已晚。樣子不變，香氣無損，但名字叫玫瑰或霉鬼，就真的沒分別嗎？至少，我相信叫「霉鬼」的花，不會成為愛情的代言，天下有情人若送這種花，會變成暗示分手也說不定。

大自然所有美物本來都是無名氏，命名權只能落在人類手上，玫瑰叫玫瑰、菊花叫菊花之後，還要再「花上添錦」，無中生有杜撰出花語，什麼花代表什麼意思，花一旦也會說人話，本來看起來差不多的花樣，就有了與別不同的個性，有了個性就有市場定位，花語就是人類企劃基因衍生的產品。

要做到見山就只是山的境界很難，沒到這階段這心境，看花就是花，樹就是樹，太無趣了；有了名字，最好背後還有故事，這故事最好是個傳說，這傳說最好是無可稽考的神話。

曾遇過一個斑竹造的茶棚，這斑竹大有名堂，顧名思義，就是竹子上面分布了不同形狀不同大小的斑痕，每一節都像一幅抽象畫。然而叫斑竹，也只是剛剛好而已，只要谷歌一下斑竹二字，就有一大堆親戚好友跑出來，例如梅鹿竹、湘妃竹、湘竹、淚竹，不一而足。為什麼叫梅鹿竹？再搜索一下圖片，我們倒過來看字識圖，這些竹斑就像是從梅花鹿身上剪貼過去一樣，所以，叫梅鹿竹又比斑竹多了一層想像。

最耐人尋味的名字，叫湘妃竹，因為有典故，有人的感情背書。傳說堯禪讓帝給舜，舜帝公幹途中往生，舜的大老婆娥皇與小老婆女英，漂河過海尋夫尋到湘江，確認死訊後哭了九日九夜，哭乾了眼淚就哭出血來，血淚都灑在竹子上，最後投湘江殉情，死後升格成為湘水之神；給她們淚崩過的竹子，上面各色各樣的淚痕從此抹不掉，也升等成為有故事的湘妃竹，或簡稱湘竹。

堯舜之事，不入信史，如此有企劃味的一個神話傳説，卻反而寧可信其有，多哀豔多感人啊，如果以凡人俗眼平常心看斑竹形狀，我説像花旗蔘切片、細胞真菌放大圖、壁癌黴菌，大概也沒人反對。只是這些東西的樣子，太對不起觀眾了。多虧這個傳說，帶來了湘竹淚竹這名字，引導我們往浪漫淒美的方向想，在視覺聯想上造文章，而且是「美文」。

原先只是斑痕纍纍，不識趣的話，可以嫌它有點髒亂，既然注入了「詩意」，卻可以看成累世輪迴不滅的癡情淚痕，淚痕也可以看作一抹暈開的浮雲，浮雲也可以看成散落的花瓣。

我有一個湘妃竹造的茶則，是台灣馮欣信老師的作品，上面刻了宋朝詩人林逋的詩句：「暗香浮動月黃昏」，暗香代表梅花。我看著那一片片花旗蔘圖案，因為奉斑竹之名，再添湘妃泣血之神話，越看越有瓣瓣梅花，皆是點點離人淚的意境，變成一幅隨身隨手可以把玩的竹雕。

「暗香浮動月黃昏」是題字，也是這塊竹子的名字，竹本無言，有了名字，就有了詩情有了畫意，甚至可以從花旗蔘切片，依稀聞到了梅花香在暗中浮動。正如玫瑰的名字是個符號，因為有了這個符號，玫瑰就給愛情附身，無從切割。

大自然所有美物本來都是無名氏

我們你們

當我說我們
希望你不會說你們
你們站立的位置
看不見自己也受傷而已
所以
你們也是我們
我們
不是寄人籬下
我們可以傷心
不會介意傷疤

我們喉嚨沙啞
吶喊過後聲音更強大
起風了　吹遍天涯
我們痛得瀟灑
緬懷已經即將失去的
再沒什麼好損失
那又何必害怕■

寧要花心不要沒良心

有人忽然一問：「寧願對方沒良心，還是花心，哪一個更壞？」

這問題簡直不成問題，因為沒良心的人，一般都有一顆花花的心。即使假設這沒良心的人，居然不花，問題也不大，無須糾結，兩害取其輕，自然是選擇，或是忍受，或是包容，或是守候花心的。

花心人可恨，但古今語有云：可恨之人必有可憐之處啊。說難聽點，可能那可憐處，正來自於自己的花瓣不夠香，沒能撲滅對方花心於萌芽階段呢。

說實際點，天下誰人心不花，只要心裡不老實，而身體誠實，將就將就也就袋住先好了。倒過來說，靈魂依然老實忠誠，只禁不住肉身失貞，心仍然沒有花在其他人身上，只能怪其毋忘動物本能，沒有違背身為一隻哺乳類動物的良心，搞不好還得誇他是個有動物血性的真漢子。真漢子只愛花香不愛花，早晚會回家，說好聽點，這叫性情中人，重情而不忘性而已。

說蒼涼點，心花是難免的，但求花花花，花到沒時間心血再去花了，花到本人沒本錢再去花，花到沒金錢再去花了，或者從此就專一呢。

說輕佻點，易求有情郎，難得花心人。他自花，即是包容了你也花一花的空間，有心各自花，是體現大愛，沒歧視任何人被憐愛的權利，不分常住人與新來客。各自花完了，萬一良心發現，或基於實際利益發現，彼此才是天生一對名花，拈夠了花就不再惹草了。

在唯物論世界，花心人頂多讓你的心給刮花，心死還真死不了人。在現今愛情動物也沾惹了政治動物基因的世代，沒良心人，不但會招致身家性命財產上的損失，還會讓人噁心，連心也嘔出來，便活不成了。

怎麼說？比如那不花人，從來只投某黨團的票，因為貪那免費月餅加棱角，在八一七那日，硬要你手牽手到維園靜坐溫馨曝曬，只圖之後那頓免費燒賣蝦餃兼鳳爪，如此忠貞地無良，是個不花心的婊子，你不如早點從良也罷。人渣們也不花心啊，你吞得下嗎？

沉默似癌細胞擴散

很久沒見，你好嗎？我很好。你也好嗎？我也很好。這陣子都睡得不好，很不開心。不開心就多吃點甜的，前天做了一個很好的舒芙蕾，你看到我的發圖了？有看到，可是甜點是健康的公敵，要小心身體啊。說公敵太嚴重了吧？可是醫生真的有說糖是很多疾病的來源身體的機能壞了就很難還原。不會啦，你沒聽過均衡飲食？我只聽過平衡恐怖。你最近怎麼啦，又公敵又恐怖的。平衡恐怖就是大家都犯了一樣的罪，你不舉報我我也不舉報你，綁成一塊就相安無事，繼續保持恐怖的統治。這些我都不懂，不要把生活搞得那麼恐怖，我最討厭鬧事的恐怖分子，就好像飲食要講平衡，什麼都吃一點，我們的身體也要講包容。包容？誰要包容誰？是哪一種人欠缺包容？怎麼忽然那麼兇啊？情緒也會損害健康的，你學學我吧，凡事淡然處之，對於那些看不過眼的人，就當是自己眼睛又孽障，看不見為淨就好了。你說的是哪些人看不過眼？。。。。。。。。。
。。。。。。。。。。。。。。。。。。。。。。。。。
。。。。。。。。。。。。。。。。。。。。。。。。。
。。。。。。。。。。。。。。。。。。。。。。。。。
。。。。。。。。。。。。。。。。。。。。。。。。。。。。。。。
。。。。。。。。。。。。我們不如還是大吵一架吧。。。。。。。。■

睇人眉頭眼額做人

睇（看）人眉頭眼額做人，那滋味，每個人總有機會嘗過吧。

比如有一暴烈嚴父，讓你在飯桌上小心翼翼地，把筷子抓得牢牢的，生怕碰出的聲響太大，惹來斥責，而風雲變色前，往往如雷亦如電，電如臉色先閃爍，然後轟然一聲雷擊炸開來。

所以重點是看眉眼。若是眉沒有上鎖，是鬆開來的，那可以讓筷子放肆點，夾菜時偶爾碰到盤子，發出叮叮響多悅耳，那口菜香肚裡多可口。這種陰沉死寂的生活，令人累得不想再有表情，緊繃得厭煩了呼吸。

人沒有表情多好，我不用猜你你不用顧我，你要是動了天怒，直接領罰就是。人為什麼要有呼吸，這麼煩，如此磨人；所謂肅穆氣氛，慣常用聽得見蚊子飛過來形容，可蚊子不常有，會呼吸的生命卻總包圍左右，一桌子人吃飯，竟聽得見各自的呼吸，有大有小，時短時長，如變相禪修，卻更像山洪暴發前的協奏。

這可比聽人大大聲吩咐吆喝難熬多了。好的一聲低個頭領旨，再不甘願，也是光明磊落地捱苦；看人眉眼臉色，在心裡惦量著行止進退，是在卑躬屈膝地受死，可跪下了也無人看見，死了又死，輪迴了幾千回也沒人瞥見。

大概沒幾個人有如此嚴父，不過誰又沒有服侍過一兩個處於上風的戀人，三四個不怒而威的老闆？雖沒有邊拿筷子邊看臉色吃那口飯的遭遇，但鑑貌辨色的生涯，布景道具不同，要受這氣的苦衷有別，練就出來的能耐，想必終生受用，也不想再用。

所以，先別妄談宏圖大志，說將來要成為一個怎樣的人之類。無論想成為何等樣人，首先素願，是越活越不想看人眉頭眼額做人，這才是根本，是一個人終身最起碼的成就。只有越活越回去的人，明明只有人家看他臉色的份，他倒反過來癡戀著過去有眉頭眼額可供參詳的日子。

原告也是被告

你得罪了他
他控訴你
還沒提控
因為他控告你
又得罪了你
你又要檢控他
被得罪的人
都覺得自己是受害者
控告人的一定覺得對
被告的也未必心虛

原告也同時是被告
最後剩下真正有錯的人
沒人理睬
因為每個人都忙著當
審判他人的法官
不是原告
就是被告
不能當陪審員■

社交距離

沒必要不外出
外出與人見面不想戴口罩就要遠離一點點
我們與病毒的距離本來是一點五公尺
空調如光陰在氣流下飄啊飄再拉遠了幾公尺
你好最近如何我在做什麼什麼
戴著口罩聽不清楚也無所謂
沒護目鏡隔著也不會看得見對方面目
會叫做社交的
交在瘟疫蔓延時
忽然遭受嚴格篩檢

必要與不必要

好久沒見的原來不如不見

三採陰又復篩檢後又從陰復陽

交情在無症狀下無可救藥下宣告死亡

■

地球停頓

當人們都不外出
不消費不買不必要的東西
其他動物趁機外出
逛人類的街走人類的路
地球不為誰而轉動
動物不是誰
牛繼續吃掉南北極
人類這種動物卻不容許
地球停頓一下
買買賣賣吃吃喝喝不行就

大喊救命

到頭來原來這條命都交給了經濟
企鵝若不是地球南極自古以來的主人
難道是遠在天涯人類的奴隸不成
北極熊也許會問瘟疫蔓延還要多久
才不至於在浮冰中
等待下次瘟疫■

趕忙結婚吧

中東呼吸綜合症殺到，已確診韓籍病人入住惠州醫院。報載，醫院貼出緊急告示，醫護人員不得離開惠州，未結婚的先回去抽籤參與後備人員梯隊，不得缺席。然後，疫情一旦爆發，就算已婚的也要參與。

零三年那一役，前線醫護人員確實如上戰場，似在鬼門關來回往返。惡戰再來，要抽籤決定誰先上，乃人之常情。抽就抽，但為什麼是未婚人士先抽？

生死關頭，誰的命比誰值錢，誰先走一步才合乎人情道理，不知從何說起。

災難現場，慣例是先讓老人與小孩逃生，中青年，年輕理應力壯，幫忙弱一點的先走，自己殿後，至於男女，也好像是女先男後。這安排，理論上能把傷亡人數減至最低，也就說不得有沒有年齡與性別歧視了。

那麼，醫院若成了高危戰地，未婚的要先上，又是什麼道理？我明白我知道，理由是：已婚的，有了家庭，可能還有了下一代，還有許多人要照顧，生死就不止他一個人的事。想像已婚的萬一真出了事，遺下的配偶並孤兒，哭得多慘啊。但我也同樣想像到，未婚人士的父母，也一樣會哭崩長城：兒啊，女兒啊，天啊，你還沒有給我個孫子抱抱，就這樣離去了，你對得起我嗎？已婚的可能有小孩要照顧，但起碼還有配偶可以幫忙，但未婚者也有父母，落單了的人，連幫手都找不上。

如果沒任何不成文規定，讓各人互吐心聲，說不定，老人會說：年輕人啊，我們活得夠長了，你們是早上八九點的太陽，人間許多事還沒經歷過，你先逃吧。單身的會嘆息：你有家庭小孩，我連拖都沒好好拍過，你能讓我一下嗎？

僅僅那樣一張告示，彷彿看到一個孤絕的身影獨步，風蕭蕭兮易水寒，未婚情侶關係不值錢、單身男女感情不值錢、愛情比不上親情、情人的眼淚不及老婆老公的哭啼悲悽。難怪世俗眼中，結了婚有了家庭，人生才是完整的，僱用起來，放心多了。單身只是人生未曾拼好的碎片，無所謂。

所以，誰說結婚證書只是薄紙一張？沒拍拖的趕緊拍，再趕忙結婚去吧，至於有婚也結不得的同性戀者、選擇單身逍遙的孤獨病患者，社會認為你們都是有病的，不是說死不足惜，只是相比有結婚證書在手的，沒那麼可惜而已。是不是這樣，也是人之常情？

我們的感情呢
不在冒險裡隔離
就在恐懼裡分離

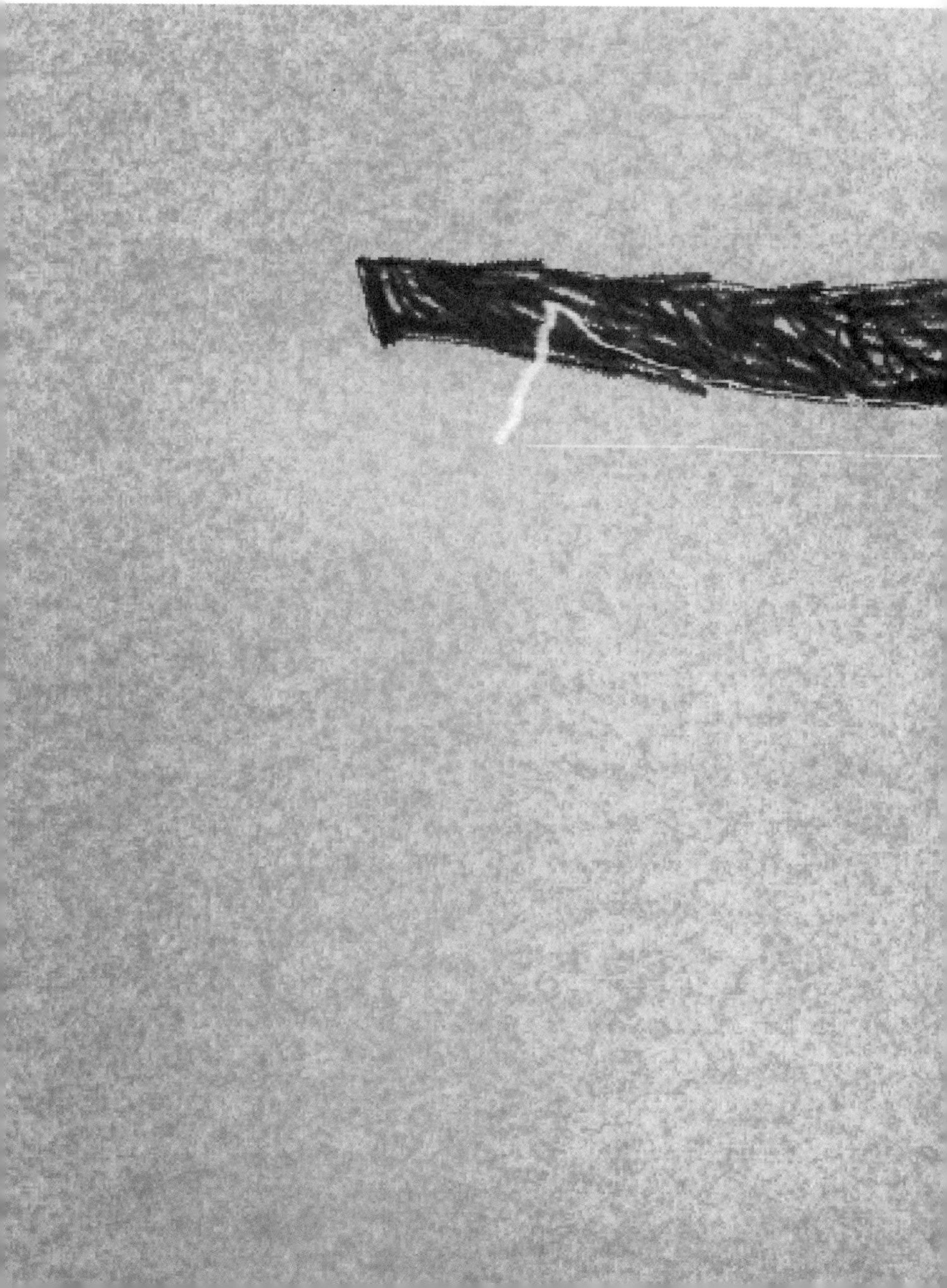

我們的感情呢

滿大街上移動的口罩
一堆黑色
一堆白色
忽然走過一個淡淡粉紅的
像開出一朵花
點綴憋悶已久的動物園
世界如慌亂的實驗室
你戴著口罩吻我時很近
脫下時距離我很遠
再不敢大聲講話

早也沒什麼好說
一公尺二公尺三公尺直到六七八公尺
直到不把你看成
一棵穿成五顏六色的病毒株
相信專家
懷疑戀人
顯微鏡下
我們的感情呢
不在冒險裡隔離
就在恐懼裡分離
■

戴上口罩才念詩吧

山川異域日月同天
還是戴上口罩才念詩吧
山川最美麗的風景不是人
沒有瀕臨絕種的野生動物
山川再不是山川
而異域始終是異域
在互相提防角力
同一天空下日月各有陰晴圓缺
魂斷威尼斯淒美了千古
死於霍亂前留下了美少年蒼涼的手勢

在米蘭半生不死於異域山川帶來的瘟疫
浪漫不是水淹威尼斯而是肺部溺斃
顯微鏡都是照妖鏡
我們都是人每個人都是人
每個人只敢歧視蝙蝠
可惜病毒也不懂歧視任何人
恨在瘟疫蔓延時　千里共嬋娟
還是篩檢完才念詩 ▪

茶啊茶，拜託你了

焦慮症患者、浮躁症患者其中一個病徵：容不得身心有留白。

好像很玄，過來人應該明白，就是說，腦袋要不停的轉，哪怕空轉，也比一片空白好，坐著發呆，等於赤裸裸跟控制不住的情緒面對面，中間沒有任何緩衝；肉身一樣，雙手沒事情在做，便開始坐不住，起碼要拿著筆桿轉圈圈，才有安全感。

我動故我在。菸難戒、尼古丁之外，手癮更難熬。發作起來又不能抽真的，我見過有人手裡拿著筆桿，含嘴裡作抽菸狀，時不時彈一下菸灰，也能撐一陣子，就是這個道理。

我甚至懷疑現在人人手機不離身，也只是因為面對不了生活有留白。連睡前都要滑啊滑，直接滑到睡夢裡才肯罷休，即便在家裡，手機不在方圓兩公尺內，也會不自在，也是心癮手癮一起作祟。手機是社交與求知最強神器沒錯，不過有時想，我們真有那麼強的求知慾，要隨時看新聞新知、看討論區戰況嗎？我們真覺得遠離社群媒體一刻，就會被世界離棄了嗎？

未必。可有可無的資訊、親疏無常的網友，也許只是填補時間板塊罅隙的矽膠，黏得死死的，滴水不漏，就不用面對「空」。但這種填充法，終究是惡性循環，生活空間越擁擠、節奏越急促，人越焦躁。

「戒急用忍」有許多方法，怕兩手空空，一樣要繼續找事情做，不過，要挑越慢越滿足、一急就結束的活動。寫書法是其一，玩香道花道也不錯，好多可有可無的程序，唯一功能就是要你慢下來，最一舉數得的是茶道。有個「道」字，可能會覺得門檻很高，會讓人更焦慮，不如說：泡一壺好茶，慢慢喝、慢慢品嘗好了。

玩泡茶同時，也可以上網啊、聊天啊、看電視啊，互不耽誤，快中帶慢，鬧中取靜，划算。

很認真地泡一口好茶，工序繁瑣。多年前常常泡在一名高手的店內，品茗聊天。每次看高手把水倒過來倒掉去，每一泡的時間心裡有數，臉上不動聲色，手起手落節奏，讓人想起如歌的行板，邊沏茶邊跟我們話家常，那氣定神閒的氣場，簡直是好榜樣。

有次我問高手，怎麼一樣的茶葉一樣的器具，你泡出來跟我的差別這麼大？不服氣。高手道：「這就是我值錢的地方啊。」說罷微微一笑，不至於傾城，卻讓我羨慕坐主席位當泡手的風範。

多年後我學他一樣，跟佳友聚會，搶著當泡手，卻每每泡湯出事。所有標準程序我都熟悉，漏洞只有一個，我一聊天，講到投入激動處，便滔滔不絕停不下來，忘形忘我更忘了在做什麼。茶葉不是給泡老了，就是水燒開了又丟涼了，浪費了好茶還好，扭曲了「跟好友一口好茶一席話」的境界，是我個人大失敗。

無須事後檢討，我知道自己罩門所在。每每講到時政、說起世間爛人爛事，就是茶葉浸泡到變酸時，我的心躁了，茶卻涼了。我知道，世界不會因為我按捺不住的躁言酸語而變得更好，我知道，心平氣和會看得更真更遠，我知道，只有情緒的憤怒，不但對崩壞的世界毫無意義，更被這個世界弄垮自己。

所以，我更知道，如果有一天，我能夠一路慢條斯理泡茶，一路氣定神閒聲討世道乖張，然後佳友說：「這清境農場的有機茶果然不錯，有果香。」我這門人生功課，就離畢業不遠了。茶啊茶，拜託你了。

這些玩意，不屬於我們的

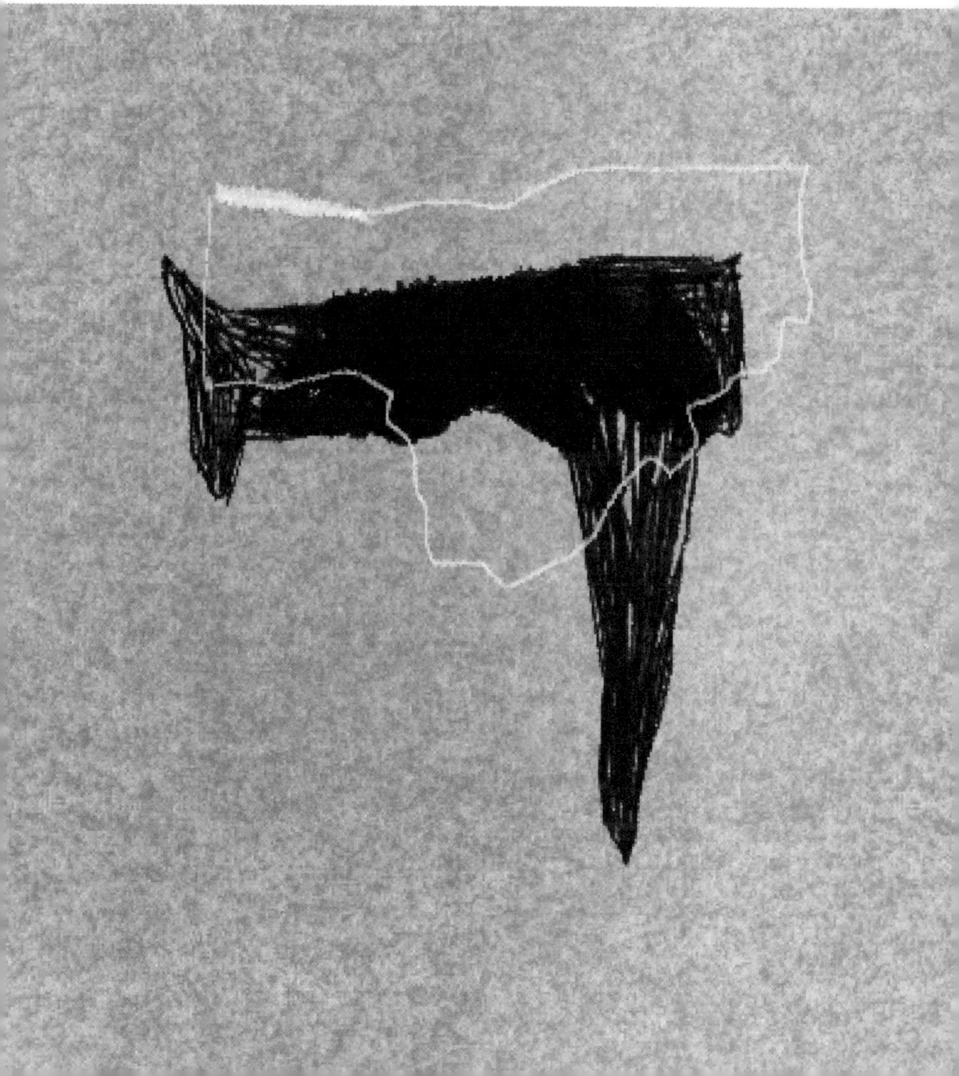

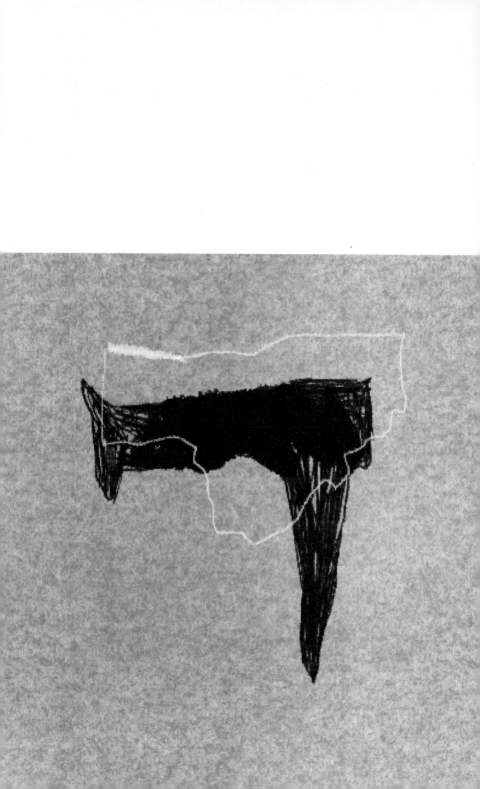

這些玩意，不屬於我們的

去吃日本菜，如果是沒菜單那種，上菜時師傅會介紹，這是當季黑鮪魚的中肚部位，因為油脂豐富，所以我們蘸了些柑橘汁去油膩，直接用就可以了……諸如此類說明，不煩瑣，客人長了見識，師傅予人以專業感覺，剛剛好。

介紹得有點過分仔細的，是某些創意料理，每道菜上來，按現時程序，當然是禮讓給手機先吃，手機吃到飽之後，就到店員誠懇介紹這道菜的做法，這是什麼，搭配了什麼，醬汁用了什麼。把創意的前世今生細說從頭完畢，一炷香的時間也過去了；我明白，也敬重他們把每道菜當藝術品看待的心態，心頭暖暖的，可惜菜卻已半冷不熱。有次眼前分明就只是茄子一盤，店員依然很專業地導賞：「這是茄子。」我實在耐不住性子，頗失禮地回了一句：「沒錯，我也看得出是茄子。」店員沒聽懂弦外之音，繼續介紹這是茄子與牛腱。結果人未走，菜已涼。

所有好人好事好意，強調、放大到某個程度，太超過，就會有賣弄之嫌。吃過一次分子料理，大部分時間都像學生在上課一樣，聽老師親身講解烹調時心得，用幾度水泡幾分鐘，然後……下刪五百字，然後下課了，學生才可以舉筷夾菜，回味剛剛教材提到過的竅門，與放進口裡變成分子一般的食物，究竟有什麼關係。吃得出箇中三昧者是一等畢業生，可惜我們全都不成材，沒那天分，自覺自己的舌頭是魯蛇，吃完了美食，竟然以沮喪收場，實在暴殄天物。

飲食文化跟茶道香道一樣，有人總愛一來就擺出高深高人的樣子，把門檻弄得高不可攀，用專門術語嚇唬還沒入門的「檻外人」，例如泡茶泡出了名堂的「老師」，對著把咖啡當開水喝的人說「茶倉」要注重什麼，把人弄得一頭霧水，彷彿藏茶葉的罐子說是茶罐，境界就低了。這種「老師」分明志不在傳揚文化，而是享受學生霧煞煞的表情，殊不知嚇走了多少門外漢，只敢在門外看看。

我對分子料理沒成見，也吃過務實分子做的料理。上述那家料理卻是典型的賣弄派，因為飯後還有後話。話說我們茶餘飯後聊天時，主廚老師不甘寂寞，又再度登台獻藝，說要請我們喝極品普洱茶，那茶餅編號為×××，年份為一九幾幾年。

well，so what？然後呢？然後主廚徒弟助教介紹阿老師當年跟人鬥茶的神蹟——神化的往蹟：一個回合下來，我師傅杯子上那道金光耀目，其他人側目，看著自己只得白煙，紛紛搖頭認輸……那情那景，不知者以為是武林高手過招，知者若笑點太低就要憋出淚水來。鬥茶文化，在古時筆記有看過，宋朝風氣特盛，據記載是在天目碗（闊口茶碗）上攪拌茶粉，看誰的茶色更優，鬥到茶碗上有金色光暈飛升，不但多有神化的古代雜記聞所未聞，現代有片有圖時代則見所未見。其實任何黑茶紅茶，剛泡好時，只要放在五十瓦左右、燈色偏黃的聚光燈下，白霧都變金黃。好的普洱茶，還是老老實實地反映在茶色有沒有光暈。

班門弄斧固然可笑，至少也提供了笑料一則。身在班門的人對門外漢弄斧唬人，卻有害文化傳承。沏茶很複雜的，聞香很麻煩的，文學很高深的，要懂得很多主義的，看影評要懂很多術語的，我們很忙的，這些玩意不屬於我們的。嚇跑了人，這責任又是誰的？

所有好人好事，強調、放大到某個程度，
太超過，
就會有賣弄之嫌。

肥皂人生

在肥皂劇裡泡一生世
也許是個不錯的選擇
可生命有時是件手工肥皂
生來質本潔
一直在髒污油膩中
保持潔淨
不斷廝磨
包容過對手的皮屑
難免容污納垢
在潮濕水氣侵蝕下

變形

萎縮

帶著骯髒同歸於零

比沒變化的洗手液

沒傷害過環境分毫

雖然最後乾癟難看

不枉當初光線亮麗

■

噪音

電閃雷擊的
什麼上天震怒
煩死人了
敲鑼打鼓的
什麼節氣慶祝
煩死人了
穿黑袍子白袍子手拿著誰的文選
一列人嘴巴在吃空氣
悶死人了
在說愛我嗎

單手舉起肅穆如喪考妣
一個人對著我臉紅紅的
嚇死人了
在說愛我嗎
火光熊熊煙霧彌漫
一堆蒙面人張大嘴像吃西北風
一堆蒙面人用大聲公嘀嘀咕咕
挺有趣的
在說愛我嗎
在喊愛我嗎
在唱愛我嗎
「可是，原來，你不知道你是聾？」
■

變形紀

所有傳記都是變形紀
回想　或是　記錄
一　生　榮　枯
不用攬鏡自照
別人也很少正面看你
你想人　或
不願意讓人
看見的那面
只要還有光的地方
留在壁上的

只有黑白
變形的
側影
真的
沒那麼多人在意你的本來面目
■

眼睛攝影機

紀念紀念紀念紀念
一九幾幾年的同學會聚會
二零幾幾年的生日禮物
除了自己沒人記得的獎座
初戀收到過的心意
老房子那一面牆壁上斑駁的形狀
同居時常常坐在一起的皮沙發上的裂紋的線條
每一張喜歡過的臉孔
都成為記憶體
占不了電腦手機多少空間

如此這般
發霉的光榮　塵封的快樂　冷凍的溫馨
只是一眨眼一眨眼一眨眼
新來的多重溫的少
倒不如一眨眼
像照相機般
用眼睛攝下來
不過電的腦要紀念才打開來
只有失去了丟掉了的
才叫回憶啊 ■

為一個茶棚，我真的受傷了

最近發生了一起「騙案」，我感情真的受傷了，好在同時也發「我」深省。

話說早前在一家小店看到一個漂亮的斑竹茶棚。茶棚即是收納安置煮茶所需的小櫃子。這種茶棚的造型，看起來像是微型古建築物，製作概念正是古代建築設計師理念的延伸。小小的櫃門都有窗欞，櫃子外壁如房子的牆，做得考究一點的，還會有鏤空部分，完全是舊式庭園的經典樣式。

這小玩意第一眼就給我「噢，原來你就在這裡」的喜悅。買不買？買。

捧回家裡之後，供奉在最顯眼處，寫作時日夜相伴，癡情更勝久別重逢的情人。

在描述我感情如何受傷之前，先說明一下，這家店賣的嚴格來說不是文物，只是有古早味的小玩意：有些是中古仿造的，更有些台灣當代老師的新作，如手工刻字茶則、印章等等，重點是手工製造，沒有一件是完全相同的。我就是抱著小王子愛上獨一無二那朵玫瑰的心態，常常來這裡尋找我的寶貝。

跟那茶棚談了一陣戀愛之後，有次路過那家店，一踏進去，就看傻眼了，怎麼我的茶棚又離家出走，重回故居去呢？這剎那，心裡響起的聲音，不是踏破鐵鞋無覓處的「原來你就在這裡」，而是張愛玲《愛》的正版原文：「噢，你也在這裡嗎？」原來有那麼多個差不多的你，也在這裡嗎？所以我們的相逢不是巧合，是必然，一如大賣場，因為還有千千萬萬個你，在人世間碰上，又有什麼好稀奇？

當下覺得感情被欺騙了。但「詐騙集團」的代言人又真的從沒說過，那是孤品，再沒有別的。店長見我一臉失落，笑笑地開導我：「不，你的跟新進來的還是有差啊，雖然設計造型線條一模一樣，但真的是手工造的，怎麼也不能算是複製品。你看，斑竹的斑紋還是你這個好看一點，分布比例耐看一點。」

這顧店當家說的都是實情，然而這打擊也不是一時之間就能消化掉。此後茶棚雖然沒被打入冷宮，看在眼裡，卻只比所謂限量版好一點，限量生產都是一模一樣，我這個有如手工烘焙出來的麵包，每個形狀不一樣，但味道終究分別不大。

愛收藏小玩意的人，總有近乎愚癡的執著，錯體的郵票會珍藏，一大堆原版印刷的郵票，就不值得珍惜；絕版的一枚郵票，要用搶的，尚存人世沒瀕危滅絕如鯨魚，誰喜歡誰拿去。

沒錯，是我想多了想歪了，我思想有錯，是犯了天下有情人都會犯的錯，誤會了我們愛上的，都是別無分號獨一無二的人。就像那曾經的心肝寶貝，本來好端端的那個茶棚沒變，是我變心了。我心變了，是因為發現原來它樣子沒怎麼變化的分身，一直存在著。

還好，一念地獄、再一念又是天堂，我從一時的萬念俱灰，很快又回復了「白茫茫一片大地真乾淨」的清淨心境。這療癒過程好快，還多虧了自己寫過的歌詞，《開到荼蘼》裡說：「每隻螞蟻／都有眼睛鼻子／牠美不美麗／偏差有沒有一毫釐／有何關係」，既然心頭好都如螞蟻，相差毫釐，若肉眼沒看出來，又有何關係？那荼棚，不問有多少孿生兄弟姊妹，只要還是有愛，就是屬於我的唯一。

PS：還記得這詞剛完成，列印出來紙上餘溫猶存，第一個看見的人，當場兩眼通紅，問怎麼要寫的那麼灰？灰？是淺灰炭灰是調色板裡多少趴的灰？我還以為很白很通透，是療癒良方咧。如果我早覺得「一個一個一個荼棚，誰比誰美麗，又有什麼了不起？」又何來這次感情受傷事件呢？

夢中人

沒有一無所得的夢
在夢中殺人在內疚中醒來就相信善良
在夢中飛翔墮地一刻醒來就不會追夢
在夢中還要考試又忘了溫書
荒謬到肯定是做夢醒來就不敢討厭工作
沒有無緣無故的夢
一直求之而未得的情景叫好夢
二次美化現實的叫迴夢
三番四次不願醒來堅持睡著的叫春夢
五六年來不想記得的人物不請自來叫噩夢

七八年前離職了依然在開那個開不完的會叫戲夢
八九不離十會哭醒的叫殘夢
醒著做白日夢睡著還要有夢
腦細胞無法休息
所以才說
人生如夢 ■

可惜不是小龍女

金庸小說人物中，段譽熟讀佛經，最初還覺得用佛理、講道理可以化解恩怨，不憑武功取勝就斗膽偷走闖江湖去。虛竹還是和尚的時候，那個玩死人的珍瓏棋局，就以佛系作風，一竅不通，來亂的隨手下一子反而就破解了，心無一物，也不知你棋藝為何物。

小龍女，都說是脫俗清純玉女系之代表。我卻覺得還沒跟楊過生情愫之前，是個貨真價實的比丘尼，一直宅在古墓裡，何止不吃人間煙火，不知江湖險惡，連人死之大事，也只經歷過師傅壽終。所以，在初出古墓，闖進重陽宮那一幕，知道孫婆婆快要死了，見楊過滿眼淚水，面上也不動聲色，只道：「人人都要死，那也算不了什麼。」這話若懂得人多，懂了人情世故之後，是萬萬說不出口的，那是從小養大她的人啊，可她不是無情，是也無風雨也無晴，真正無喜怒哀樂無貪嗔癡，所以人人都會死的話，就不算什麼。

另有一處更絕，郭靖黃蓉搞武林大會，要選出抗蒙盟主，小龍女誤打誤撞，要對上金輪國師，她不知什麼盟主也不知對方武功，國師道：「我要試試她功夫，瞧她是不是當得起。」她就說：「那我就試試。」國師道：「你如接不住我十招，那便怎樣？」小龍女道：「接不住，我就打你不過，又怎樣了？」

「又怎樣了？」這話非常小龍女，簡直氣壞那些深謀遠慮，胸懷城府，計較成敗得失的人，人家金輪國師認真嚴肅問打不過就怎樣？想著打贏你我就號召中原群雄，她只是試試看打打看，輸了就輸了你還想怎麼樣？選舉有佛系選舉法，不甚作為，輸了就是選輸了，反正就是選選看？她這是佛系比鬥法，無視人間比武對賭的約定，試試打打看那過程，對結果毫無概念。最好笑是這番灑脫作派，嚇得金輪以為她武功深不可測，急急念起「降魔伏妖咒」。

場面雖然那麼大，那麼緊張刺激，可第一次讀到這句話時，不禁哈哈大笑，此乃玉女心經最高境界，以輕鬆態度玩人世間嚴肅的遊戲，何須執著。有次與友人玩撲克牌，在座有人說介紹新玩法，其他人都是第一次玩，不熟悉規矩竅門，我提議不如試玩一下，不過，就計分數好了，別賭錢。其他三人強烈反對，有輸贏而沒賭注，怎麼過癮，其中一個說：「玩輸了怎能沒懲罰？那不夠刺激。」我隨口道：「輸了就輸了，贏了就贏了，已經夠刺激了，還想怎麼樣？」眾人不依，結果還要有賭注。真可惜我不是小龍女，沒嚇到他們對我念咒。

只有對方從此聽不到
才是哭泣的時候

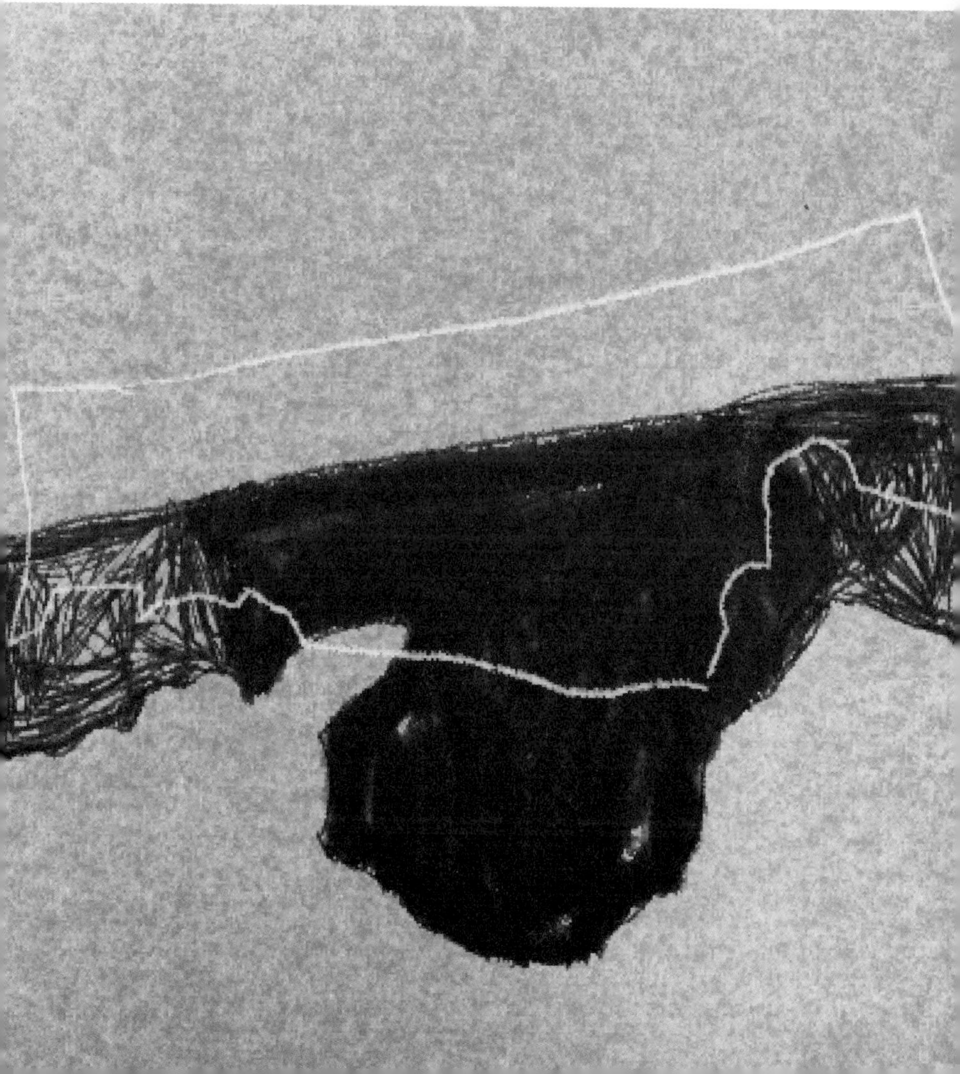

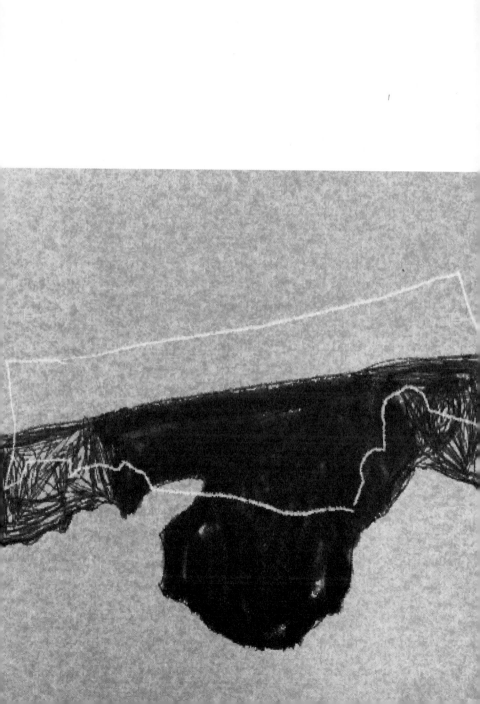

不是哭泣的時候

要細聽醫生判症細聽治療進度
不是擔憂的時候
看著護士更換抗生素吊袋
不是發問的時候
非常時期保持正常生活
不是放負的時候
為提升免疫力要對情緒免疫
不是感情用事的時候
在盼望與無望之間
不是絕望的時候

在欺騙與鼓勵病人之間
不是哽咽的時候
目睹生命僵硬的速度
不是思考人生的時候
還來不及感受悲哀
已是節哀的時候
人來了人又往了
只是順變的時候
忙於身前未了身後事
不是哭泣的時候
只有對方從此聽不到
才是哭泣的時候 ▪

不做情緒的奴隸

連續寫了兩天情緒病問題，收到一些朋友的問候簡訊；許多都表示驚訝：不是已經痊癒了嗎？

其實，自療程結束這十年來，這種病還是久不久來訪，只是沒有公開寫出來而已。我想，對同病中人發放最正的正能量，就是要正面面對，康復未必就會痊癒；是自律神經失調啊，這次修正了，就保管不會出毛病？

身體如亞視，許多積習，多如我們的神經細胞，眼下問題解決了，也不會是間全新空殼公司。也像失戀，會康復、淡忘，重新過生活，但思念藕斷絲連，偶爾也會難過一陣子，處之泰然，就不至於以為世界又末日了。

要學習與它共存，又來了。來了就來了，可以先假裝若無其事，慢慢等它走開，但不要數著日子等它走，這樣它反而就不肯走了。嚴重當然要看醫生。與一種病相處共存，沒那麼可怕，像感冒也沒法終身免疫的，感冒也會殺人，你有為往後久不久會傷風感冒而萬念俱灰嗎？

在這種病的框架之下，才真是要妥協，面對現實。這種事，知道了，放不下，至少有心理準備它有多重。知識不一定能改變命運，卻能改變心情。比如未有產後憂鬱症這概念之前，難道那時的產婦命特別硬？因為茫然不知，或許以為自己心理有問題、對新母親的身分接受不來，甚至連家庭關係都影響了。當真相大白，原來還有這樣的病症，只是情緒處理失衡，又不是心理變態，有什麼好忌諱的。

偶爾會寫這話題，不是有病呻吟，只是關於這種病的認知度依然很低，沒多少人意識到它是個計時炸彈，包括政府。私家專科，光是收費已不是普通人負擔得起；看公立專科，排隊排到自動復原或者小事化大，也不奇怪，人手不足啊。特首連獸醫都有志加強本地人才培訓，就是沒聽過要改變精神科醫生供求失衡情況。

我這病人，十年前就選擇公開病情，不介意跟大眾分擔這隱私，其中一個想法，是以身作則。看，我一樣活得好好的：腦神經告訴我指令我要焦慮，我無法改變，但內心沒有為此不快樂，我應做的能做的都做了，焦慮得磊落坦蕩。神經線想洗我腦，我卻是獨立的，不做情緒的奴隸。

又唔使死嘅

最令人煩厭最明知故問偏偏又頗有市場的問題是：以前一樣沒民主，不是活得好好的？吵鬧什麼呢，人心知足。

最耐人尋味問得人一時無語確實大有市場的問題是：以前沒那麼多情緒病，憂鬱焦慮驚恐誰沒有過，在那年頭，沒這種病、沒這種醫生，也沒這種藥，不也一樣熬過來了？還產後憂鬱症？以前孕婦產後坐月子，用些補品也就沒事了，現代人多作怪，身在福中不知福。

本來神級回應是：以前沒這藥沒這認知就沒這病人？病人不自知、知了也不會承認是病，總之，容易憂鬱就是想不開、莫名驚恐就是膽子小。你怎麼肯定林黛玉淚點低，純粹小心眼作怪？你敢說上一輩所謂嚴父，整天搞得家嘈屋閉，只是父權主義作怪，而不是患了狂躁症？患者不自知，知了也正如醉酒人，不會承認酒醉。以前沒更年期這概念，你是不是以為性情突變的都是鬼上身，應該找靈媒去？

神級回應後，想起都市人特別是香港人生活方式，如此節奏如此生活空間，人普遍以忙為榮，以閒為廢；樓價高與工時長奪冠跟情緒病發率高，可能真是有因有果。本來沒病的，處處都是誘發點，本來有病的，簡直處處地雷。我們暫時不怪典型港式生活、不賴在房價頭上，先對自己問責。

是要提防地雷，但不妨嘗試踏出一步，多踩幾下，地雷原來自己埋下的，都是假的，踩下去，進一步，海闊天空。就像一個上班驚恐症患者，先別假設他是懶惰，吃足藥與心理醫生深談之後，自救之道，難道就是盡量不上班？這個班，如果必然要上，那麼在踩地雷驚恐爆發之前，沒有餓死，也會孵在床上家裡發霉死。唯一方法，就是咬緊牙關上吧上吧上吧，又唔使死嘅，上班就沒那麼大件事了。

當年主診教授跟我說，可以減輕點工作量，如果工作太多對你有壓力，但，也別什麼都不做，什麼都不做，又有惹來別的焦慮誘因。恐懼坐電梯、過隧道的都一樣，就深呼吸一口氣，過吧，原先不過是怕，是怕死還是怕空間幽閉、怕面對人多呢？又唔使死嘅，當你放在那點不太願意承認，與腦袋無關的惰性，才有機會發現，越不怕死，就死不了。

又唔使死嘅：意即「又死不了的」。

懂得，所以不願多言

常言道：懂得，所以不願多言。

為什麼？如果兩個人都知道了一些局外人難懂的內情，多言無益，反誤了正事。白天不懂夜的黑，有什麼事情那麼難懂？多著，情緒病情是其一，同病相知者謂我心憂，不知者謂我何求兼為我心憂。

是的，又說情緒病情，我懂得，反而在這裡多言，只為對知情與不知情者宣傳對情緒病基本法則認識，焦慮憂鬱，一定要得。

同病相知者最近問得簡短：如何？我也爽快回答：好些了，好在掌握了發作的節奏。然後，對方明白，就不再多言。我們有默契，不會把對方有一句沒一句的視為沒禮貌。

若是不知情人士一定會追問：什麼叫發作的節奏？如果那時我在病發作中，就會提不起勁回覆，索性一併公開解答。

雖說發作，但也不是廿四小時七十一與我常在，是有跌宕起伏的；雖說來去無因如愛情，但總有一些時刻，心跳稍微平伏歇息。例如我最初病發時，每晚準六時就開始昏眩，一有人約吃飯，就憂慮這飯要吃到什麼時候？每個人的觸發點與鐘點有差別，構成的節奏不一樣，若能掌握得到，已經夠脆弱的心理有了準備，就能順其自然，張開雙手：來吧，我等你等得快不耐煩了。你知道，等待不可怕，不知你幾時會來，才最折磨人。

如果能拿自己的災難開玩笑，算得上是幽默，那不妨如此反常地開懷地迎接，代替慘，又發作了的恐懼。幽默拯救不了世界，至少可以減輕病情，從懸崖邊緣把自己給拉回來。

這個節奏，憂鬱症患者也會有，有時很嗨到天上去，講很多話，有時低到井底裡，講句話都要費許多力氣，此事非局外人所能理解，理解也未必能完全體諒。憂鬱症非我本行，有興趣知情人士可找找李誠教授寫的《九鬱一躁》以及《吾躁吾鬱》讀讀，讀後無病的會聽懂病者呻吟，有病的知情了，也就識趣了。

懂得，才幽默得起。

有人問：你認為找一個深愛你的人難，還是遇上一個懂你的人難？我說：當然是前者，若愛情與情緒都是一種病，同病相知者都互相懂得，那麼多人寂寞，你何必自覺寂寞？

血這種液體

傷心啊
說心裡在滴血
可那是必須的
否則就全身器官缺氧
因為血有血性
人有人性
喪屍嗜血
是為了補充缺失了的人性
抑或噬人可以增加行屍走肉的同類
血太熱的人焉知

冷血的魚之樂與不樂
金魚記憶中的悲喜只有幾秒的意義
如果淚代表悲傷
血總是駭人的
當你發現一具屍體
那一聲尖叫未必為了死亡
是血
是血這種液體不適合暴露於肉身之外
大概血水洗得掉
血漬永遠有基因長存
這世界充滿瘀血
難道不流一點點出來
就難以健康 ■

血汗

在工地流汗在跑步機上流汗在桑拿浴裡流汗在家裡吸塵流汗在遊行中流汗
在溫泉裡流汗在做愛中流汗在驚恐後流汗在打鬥中流汗在激動中流汗在夢
醒後流汗
汗　也　有　酸　甜　苦　辣
每個人都流出了安多酚
有人留下了能讓人感覺到快樂的荷爾蒙
有人筋疲力盡得忘了感受快樂
有人一直在汗水裡感到活得太累
何　謂　血　汗　錢
流　血　令　人　痛

而　心血並沒有傷口
也不是要抹掉就抹掉
我們所得到的
有所謂咬開來有血有汗
言重了。

瘡疤一揭開發現
傷口還活著

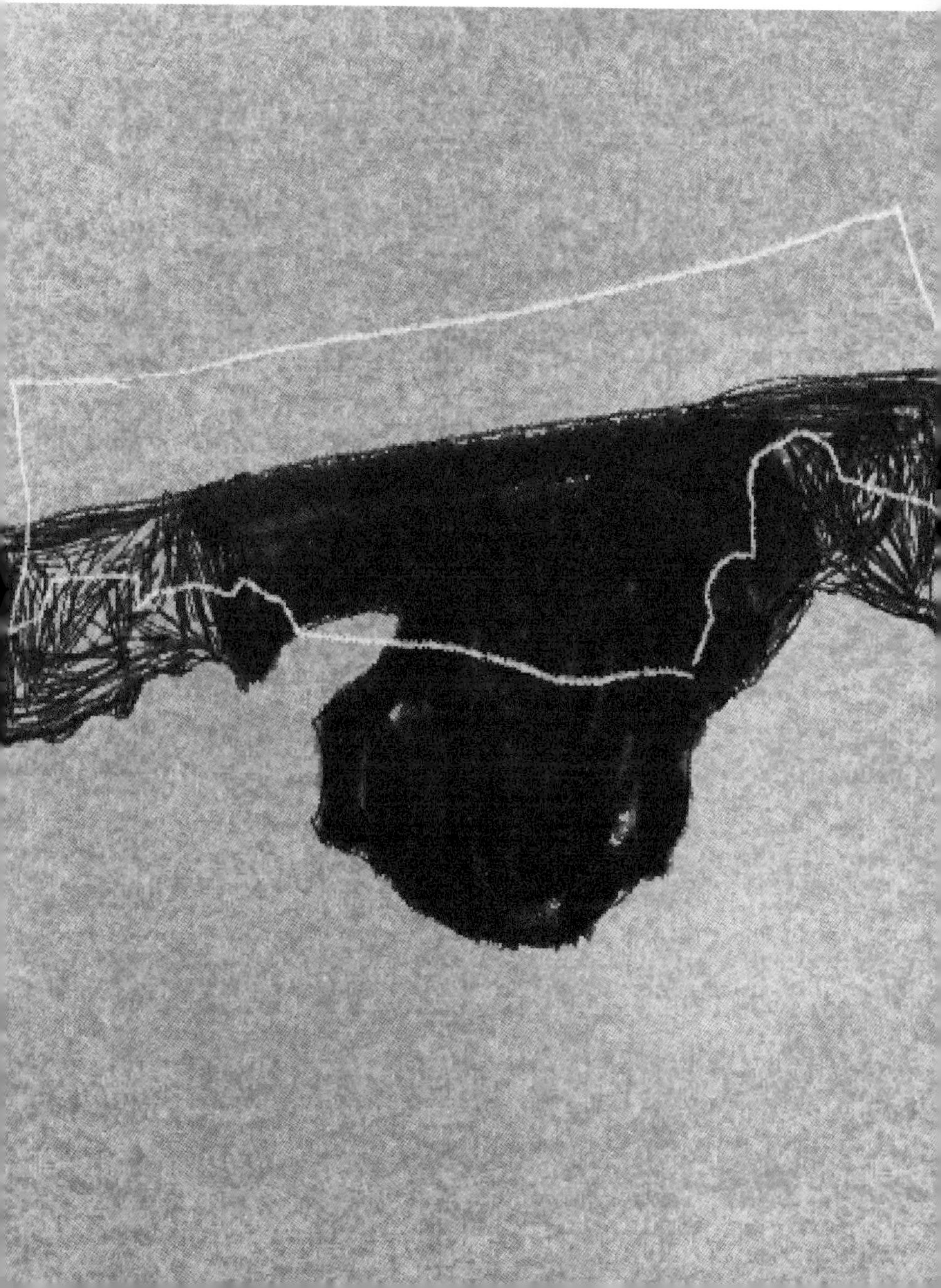

傷口也有生命

傷口當然也有生命
在肉中有血
在血裡有溫度
傷口當然也會成長
以遺忘的方式
缺口黏合
掩藏了撕裂過的血管神經
當「疤」前面的「傷」字被消失
傷口也就死亡
除非有人活得不耐煩

曾在空氣中暴露過的血
不甘蟄伏
還是會在原來位置崩裂而出
瘡疤一揭開發現
傷口還活著■

安樂死

安樂死該不該合法
合法是否等於合情合理
人沒有不出生生於哪裡的自由
也沒有不死亡的命運
至於要不要在絕症面前
提早投降
不只是宗教問題人道問題
誰敢判斷絕症末期沒有奇蹟
甚至神蹟出現
如果能一直撐

撐住那幾乎是最後一口氣
等醫學趕得上來
痛苦每日煎熬
或許與生於憂患同義
在病床上選擇死於安樂
其實是忍受不住不安也不樂
不如放棄算了
問題是沒人上了天堂之後又回來過
怎麼知道這人道的一針扎下去
不會活在更痛苦的無間地獄呢
■

感恩詩賦、讚嘆詩賦

天地有大美而不言。大自然之美物，美在不言中，超越語言，也無須多言。莊子這話擲地有聲，可這讚嘆聲音本身就是言語。

原來的原來，花花草草兀自榮枯，兀自美麗，與人無關——嗯，不，花草自身本無美醜觀念，剛才說的「兀自美麗」，還是帶了人類有色眼鏡，從人的固有的審美眼光去判斷、去讚嘆。

沒法，大自然擁有大美而不言，那發言權就自然落在人類身上；人啊人，真是多言不分古今，都標籤成癮。而自古以來就有太多人肉自走砲，即是文人墨客，走到哪裡就大嘴巴到哪裡，用文字詠梅詠菊，詠這詠那，不但擁有了無言之花的冠名權，也用詩詞歌賦這文字利器，在花花世界搞分裂，切割開不同屬性，把花草樹木人格化。

梅花耐寒，所以象徵堅毅啦不屈啦，真相是，梅花沒有耐不耐寒，生來就是寒命，遇熱開花；反過來是不是也可以說，梅花在緊守花期這個原則上，是不夠堅毅忠貞的。只要聽過花農抱怨這個冬天不夠冷，花提早開了，怕血本無歸了，寫過詠梅花有傲骨的古人，大概是要吐血的。

所謂歲寒三友松竹梅，松樹不分寒暑而不凋，針葉無視春秋之大氣候勢力恐嚇，我自茁長我自凋落，守住交棒給新生代的節奏，於是就被人格化為剛正節操的樣板。

竹呢，無辜指數最高，只因竹節是一截截的生長，象徵坎坷求生而不失氣節風骨。至於竹節內裡中空，則更妙更禪，就是有容乃大、虛心、達到了心無所住而生其心的境界，不得了。可我聽過，從植物的本性來看，竹子的根其實很霸道，伸得很長很廣，而且最會搶奪養分，以致一大片竹林的地盤中，幾乎沒其他植物生存的空間。這原是大自然植物本性，無好壞無君子小人之分，若又要從人類眼光標籤，抱歉，我會聯想到竹子啊竹子，真是政治鬥爭的高手啊。

歲寒三友中，梅花受到人類的語言加持灌頂最多最深，除了耐寒，梅花香不同茉莉香桂花香，梅花香氣不那麼嗆，總在不經意時若隱若現間忽然飄來，用古語成為幽香，用現代人話就是低調不浮誇。集這兩大「美德」，難怪歷來詩詞歌賦，躺著也中獎，詠梅作品數量穩奪金牌。這許多的絕好詩詞，來自大自然，也一如大自然，是值得好好保育的文化遺產。

說真的，我們用鼻子去聞香，跟看詠梅文字聞到的，完全是兩回事，有時鼻子還沒那麼靈敏，會分辨出什麼是幽香。這個「幽」字不簡單，心不夠靜又沒耐性的人，沒有「幽香」這概念。但是，大家免驚，好在有無數寫梅花幽香之作，肉眼看多了，肉身的嗅覺也會變靈敏似的。

不信？試看看王安石這兩首《梅》：「牆角數枝梅／凌寒獨自開／遙知不是雪／為有暗香來」，隔著一段距離看，一抹抹白花花的白如白雪，卻心中有數，是白梅花無疑，雖然幽而遠，無論被抹上什麼顏色，暗裡自有本色之香氣，彷佛連紙上都有暗香浮動，梅花也從此更香更美了，有沒有？

所以啊，天地之大美，雖然美在不言，但也好在人類多言，喜歡做代言人，不然，梅花不過是花一朵，哪能透過文字來品嘗更深層次的梅？寫到這裡，禁不住循例說一聲：感恩詩賦、讚嘆詩賦。

大自然之美物，
美在不言中，
超越語言，
也無須多言。

離合大紅袍

我倆源於明朝同一棵茶樹
千年後發酵成
你儂我儂的
大紅袍
在清朝沈存周鑄造的一雙茶葉罐
既分亦合
雖然上面刻著的詩句被截斷
錫罐一直保存也分隔著我們
如感情
你在右越老越稀有

我在左繼續變醇厚
等待
有人把我們泡在同一個壺裡
渾成一口餘香
幾百年了
沒人告訴我
你已經被喝光
民國108年
我依然自覺靠近
被掏空的右邊罐子
悶在自己那一半的錫罐裡

出不來
也不知道
我變得比你更醇更值錢了■

看房子就是看人生

有一回損友背後損我：「想不到他也竟然喜歡去看房子。」言下之意，有事沒事時不時去看房子這種行為，是俗人所為，是會炒賣不動產的投機分子才有興趣幹的事。

我固然是個大俗人，但冤枉啊，損友沒當面酸我，否則大可以自我洗白：去看房子，也是一場文化考察之旅。

旅人去旅行，為了表示是個有文化的人，總不好意思只說哪家店有人排隊，只關心飲食文化，所以有些指定的勝地一定要走走，去博物館研究藝術文化、看古蹟了解建築歷史文化。走透透以後，如果有人問起當地人的生活細節，大概難免要搔搔頭說：沒概念。

影視作品呈現出來的家居，當然也能夠看出個大概，但往往為了畫面美感，難免經過修飾，哪怕再寫實，也不能百分百當真。

用看的，畢竟是二手經驗，親臨現場，那四堵牆包圍起來的壓迫感，這體驗才是立體的。香港今年小豪宅大行其道，實用面積約六坪左右，我比官員早一步考察民生民情，進去那毛胚狀態的「開放空間」，直接反應有點白目，當場問仲介：「還有呢？」代表建商的仲介，臉不紅氣不喘，眼神帶著疑惑，看著像是來自火星來的我說：「沒有了，就這樣了，不然呢？」自此以後，我太明白我們都要活在網路世界，才尋找到生活情趣，不然呢？你想養魚怡情養性？你想安置吸塵器還是奢侈地容納一個水族箱？

如果說，一個城市滿大街的招牌，反映了當地對美學的要求，那麼，民居就是示範現成生活的樣品，而且根據不同等級的房子，取樣準確又方便。

有人在住的二手房子看多了，可以看出種種生活習慣，現在都在流行什麼，普遍品味如何。例如，老人家通常愛白光，把客廳弄成辦公室一樣，是不是燈火通明會住得更安心？這可以牽涉到心理學範疇，值得研究。還有，家裡擺放神龕或祖先神主牌的比例，也是很好的民俗風氣樣板。

從我一路走來看看看，最深印象是有限空間都讓位給衣櫥與鞋櫃，書呢、唱片呢？不知道是無處容身，還是反映了沒幾個人在閱讀，偶爾發現有些書擠在狹小角落，我都會細心留意屋主書單，通常以工具書運勢指南以及教你如何投資致富之類為主。所以，對實體書實體唱片的前景，行業中人所吐苦水，一口口現場湧進眼簾，看得眼紅紅的。數字是死的，一個個人間示範單位是活的，衣櫥遠多於書架，難怪賣衣服的比賣書的活得滋潤。

看房子就是看人生。有些人的背景如何，他生活品味就如何。有一次在一間老房子，從掛滿一壁的照片、證書、獎狀，屋主學經歷一覽無遺，軍裝照再加知名高官合照，應是高階軍官無疑，所有牆壁都用來秀這個，顯然以此為人生最大光榮，甚至是最美好回憶的寄託。軍官果然有軍官的選擇，那些沙發經典而破舊，坐下來勢必正襟危坐，肢體語言寫不出鬆懈兩個字。多年沒更換，也想必是個不輕易改變習慣，喜歡讓過去包圍著自己的人。

我就是用狗仔隊的眼睛去看房子的，從一桌一椅、一燈一櫃，彷彿可以想像屋主是個什麼樣的人，聯想到講話時語氣如何，甚至依稀看到不同行業的興衰，是不同人的生活模型，是社會文化的縮影，所以啊，去看房子就是去感受文化啊，不然要幹嘛。

挑雞揀樓

小時候，常常跟著媽媽去菜市場買菜，學會了不少精挑細選的竅門。

例如嚴選肉嫩的未嫁雲英雞法門，即未下過蛋的小母雞，媽媽說，很簡單，只要把雞尾部提起來，往裡面使勁吹一口大氣，雞毛翻開，見肛門附近，即括約肌沒有呈現鬆弛狀，即表示此雞為處子之身。準不準繩，至今依然是謎，我只知道好玩。又難得雞販不嫌我煩，搞到一地雞毛，影響他下一位顧客，拖累了他賺銀兩的效率。

另一個是鑑定鮮魚法。這個頗科學，看魚鱗色澤有沒有閃光，也不妨用手往魚身廝磨一下，看鱗片有沒有隨手脫落，還嫌不夠，可以緊握魚頭，那魚鰓打開來，看是鮮紅堅挺還是像瘀血一灘。如果每個顧客像我這麼一搞，魚頭下顎將越揭越開，一副死不瞑目相，魚販生意還要不要做啊。又難得，從沒有小販罵過我，「死仔包，搞搞震，冇幫襯」。

那時代真和諧，真包容。街市婆街市佬沒有認為想挑一隻合心意的雞，是過分要求，也沒有瞧不起來買一斤幾兩魚的不知自己斤兩，沒有開罵：「買隻雞啫，買條魚啫，使唔使啊。前世未食過雞啊，要傾家蕩產啊。」

時代進步，一日千里，連買樓這樣傾現在的家、蕩將來的產的大事，都彷彿閒過買條魚。經濟蓬勃，賣房子的覺得，顧客揀房子，想研究一下哪款房型的窗子方向合不合心意，多餘過翻開魚鰓檢查血跡。否則，何以，官家的市建局跟私人建商開售房子，竟然只給客人三分鐘挑選單位？投訴經年後，才大發慈悲多添兩分鐘，再投訴，建商說，資料早已寄到客人手上，在家裡理應有足夠時間慢慢考慮。喔，原來如此，到了現場，就再沒有思前想後、三心兩意的資格了。

幾乎可以想像到賣貨的嘴臉，「你這幫窮鬼，使唔使啊，買間樓啫」。當年賣魚賣雞的，沒埋怨我阻礙他們收十塊幾毫的速度；今日賣樓的，竟然只有五分鐘耐性給下了訂金的買家揀樓。動輒幾百萬，又沒有像魚鰓給翻歪了雞毛給吹得一地，連窗都只是示範的，沒有實物可供摸來摸去摸壞摸臭，托大至此，可見貨如輪轉，眨眼售罄，買定離手，有幫襯，也別搞搞震。

如此繁榮時代，採得百花成蜜後，真是為誰辛苦為誰甜。

樹也有遺言

樹死了
就名叫木
遺骸被分屍了
叫桌子叫椅子叫拐杖叫床叫廁紙
分明是檀樹
第二生命叫檀木
漸漸無人記得有關樹的回憶
一圈十八珠檀木手串
忘記了樹的人會說
別在上面擦蠟抹油

那會堵住珠子毛細孔
沒有呼吸檀香就被鎖住
是啊
心跳停頓量不到木的血壓
只有樹的肺部纖維化了
還呼吸得無聲無息
像一直在插喉的病人無人理會
百年後沒有記得樹的姿態
可別隨便叫檀香
請尊重
那是檀樹最漫長的遺言
■

道別的語速

生來就是最漫長的道別
以最短暫的語句
有細碎腳步聲不辨歸來抑或遠去
無論迎送都只有一個方向
行差踏錯依然不偏不倚
關不緊的水龍頭
無人察覺
只有靜下來時
聽到滴滴答答
無意義的喧囂疾如風

有意識的念頭輕如雪
喉嚨與舌頭僵硬之前
沒人聽得懂眉頭眼額
呼吸與喘息不分之後
嘗試解讀聲母拼湊韻母
那告別的語速
咿咿呀呀拉長似一輩子
難怪湊在耳邊也聽不懂在說什麼
■

上帝設計出來給我們有淚腺的機制
歡笑與淚就交還給上帝吧

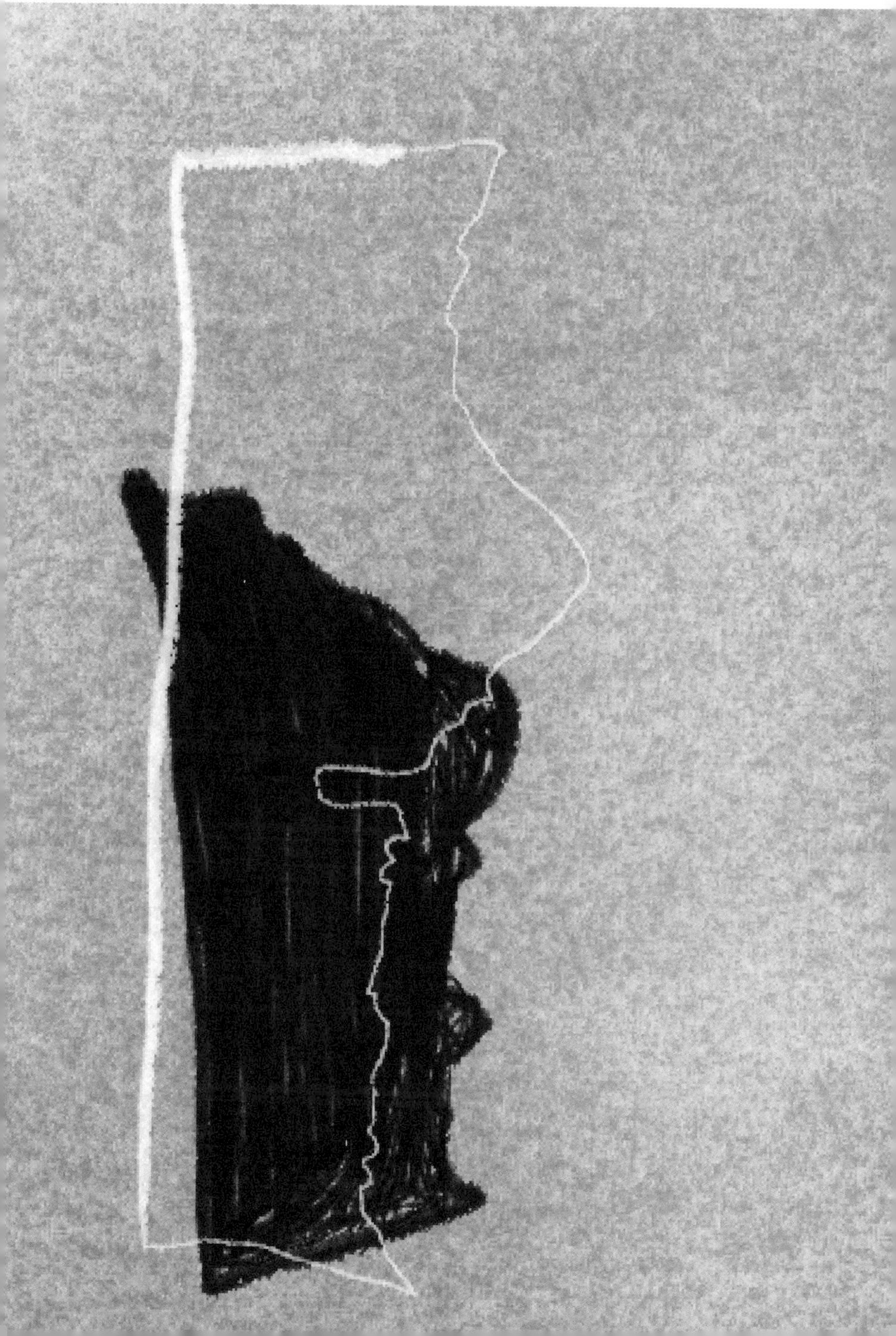

上帝造人

上帝造人也創造了猛獸
如果人的睫毛也令人驚嘆神手的精妙
億萬年前白堊紀的恐龍
造物者這位設計師何嘗不值得敬拜
速龍頭大腳短可是腿部肌肉發達更方便謀殺
一個只有捕獵與吃的世界沒公義可言
冰河時期是否就是無須審判的刑罰
恐龍不懂祈求讓牠們走過死蔭幽谷
為生存不擇手段不必求寬恕
牠們的原罪牠們所作的牠們不覺得

科學家二創還原暴龍構造
驚嘆之後
生而為人怎麼會埋怨
有了靈魂有了感情有了慾望
會為同類被獵殺而吃不下
不叫我們遇見試探卻不斷被試探
若這就是自由意志的代價
上帝設計出來給我們有淚腺的機制
歡笑與淚就交還給上帝吧 ▪

每個人本來無可複製的遭遇
在同一醬缸下
釀成倒模的人生

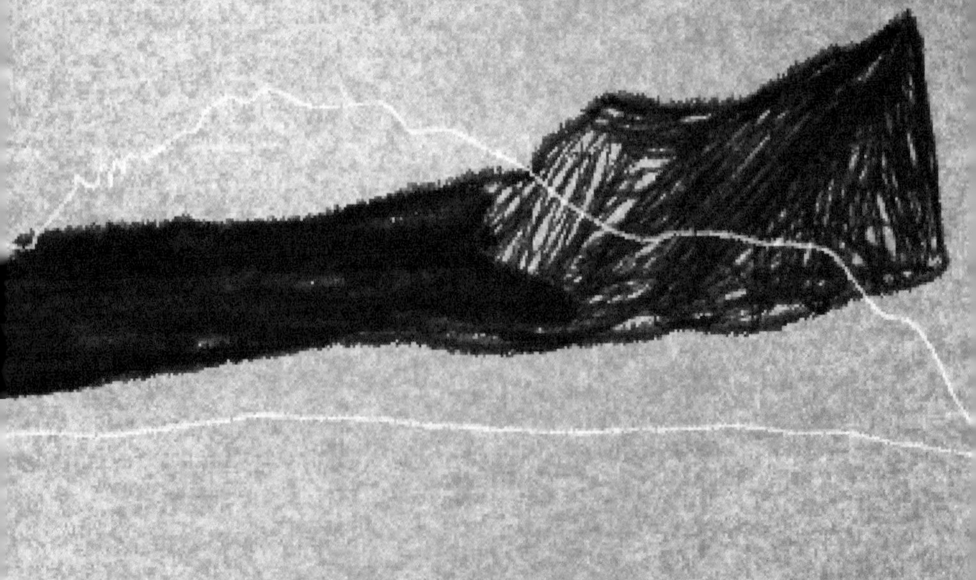

活著的標本

都是獨一無二
每一回游弋的千千萬萬精子
能結合上的卵子都是唯一
成長後失去了在人海遨遊的本領
用腳走多人走的路
看木刻版畫般的風景
每個人本來無可複製的遭遇
在同一醬缸下
釀成倒模的人生
被緊緊釘在鏡框內

離不開天橋上
來回示範個性的模特兒
都是活著的標本
與別不同的
只有編號▪

哪怕最後一事無成

綜合最近部分人上人的做人之道，得出健康正確的人生軌跡如下。

小學生是兒童，兒童有許多不宜，既然什麼都不懂，就由父母老師決定什麼宜懂，什麼東西碰都不要碰。社會很危險，由家長學校煽動唆擺要學什麼不學什麼，總是安全的。

中學生尚未成熟，但發育期又容易衝動，往往感情用事，所以不應該談社會大事，甚至應否談戀愛，仍然是某些大人熱衷辯論的話題。社會很危險，大小事應該交由大人負責，學習階段不應該受教科書以外的誘惑，花時間搞什麼無謂的對抗，那會荒廢學業。中學生應該學習做一個愛學習的人，學習什麼？學習如何考入大學，否則將來在危險的社會，只是個無用廢人。

大學生思想理應成熟，所以更不應該追求不切實際的夢想。讀了這麼多書，應該懂得衡量得失，不做沒有把握的事，不做沒有用的事，不參與會影響學分的事。所謂天子門生，好不容易才由父母與納稅人合資栽培，應該專心學習，學習如何出人頭地，當社會棟梁，最佳回報，就是不用父母為將來生活操心，不用分薄社會資源，促進國民生產總值，做個有用的人。

成年人成熟到爛熟，應該比大中小學生更懂世態炎涼人情世故，做了等於白做的事，做了出格的事，在年輕人那叫浪漫，現在才來這套，叫傻瓜。所謂牽一髮動全身，追求一時陡然的正義快感，那事業家庭子女呢，還有如業隨身的樓債呢，這可是上了多少年課考了多少回試累積回來的成就。所以成年人不應也不能衝動行事，更應衝出來制止年輕人魯莽行事。

老年人什麼沒見過，世事都讓他們看化了，更應該點化世人。爭什麼呢，今時一切衝擊，只是歷史長河裡一沙石，千般計較，不敵江河萬古流。多一事不如少一事，好多事，抬抬手就過去，平安是福。年輕人是性急了些，只懂一步登天，不知天命難違，終究徒勞無功。

結論非常簡單：如此這般又一生，不做無用之事，才是有用之人——哪怕最後一事無成。

看名畫還要做什麼功課

流行歌手演唱會，會有人事先做好功課，重溫一下歌手歷來作品，主要是惡補一些沒流行過的流行歌。冷門歌冷到一個點，就等於全新歌曲，沒有了老歌舊歌附帶的生活回憶，第一次無差別感受，不是最純粹嗎？感覺差別有那麼大，要做功課惡補？

有人聽演唱會都要做功課，去看展覽又要不要事先做功課呢？其實這不是要不要、該不該的問題，只是想不想的選擇題，就看你想要什麼而已。

在博物館看畫展，有時候會分了神看人。有些人看得很豪邁，這裡瞄一眼，那裡一瞥，像隨興走過一個剛好長得很有美感的走廊一樣，讓眼睛爽一下，完畢。其實每幅畫下面都有最基本的資料，如果有需要，也有導賞的耳機提供詳細分析，不用準備，連這樣方便都省掉，會不會有點可惜？特別是難得展出的名畫，走馬看花也不知道這花的花樣所在。可是，花與畫，若是本身就有震撼人心的生命，你要知道它三生三世的命書，才能當一個及格的看客嗎？

我是個好奇心特盛，抱著看報表的心態去看藝術作品的人，習慣了先認識作品的來龍去脈，才去接觸「文本」，覺得這樣才會從某一個高度來鑑賞畫作。最近有朋友去了一趟荷蘭，看了好多梵谷晚期的畫，他提供了一個館方最新的補充資料，因為事關醫學，有些名詞我聽不太清楚，大意是說，梵谷因為患了精神病，腦部對視線的判斷有誤差，他筆下的藍色，其實並非本意，他應該想表達的是綠色才對。這，豈不是一場美麗的誤會？聽完了再把他的星空他的麥田，在腦海裡改換一下顏色，眼睛忽然又濕濕的。

沒錯，以前看到梵谷的畫（明信片例外，因為大小比例跟顏色有差，效果不能比擬），儘管色彩如此濃烈鮮豔，卻總有讓人惻然的陰影壓下來似的。我想，是因為在仔細欣賞真跡之前，就先看了《梵谷傳》，不幸的生平，先滲透在看畫人的淚腺裡面，再反映在每一筆每一抹油彩裡面。

假設一個對梵谷一無所知的人，看他臨終前的畫作，會看出一個色彩錯亂中有序的世界嗎？或者只會覺得：「噢，這些顏色用得很大膽，星星都很奇怪喔。」如果僅僅憑直觀感覺，梵谷的藝術價值，對不知道梵谷是哪位的人有影響嗎？這問題，有點複雜，殘酷點說，梵谷作為藝術家的命運一直在重複，這問題嘛，還是問拍賣行的估價專才比較清楚。

幾年前台北有個莫內的畫展，難得那麼齊全，我盯著每一幅睡蓮，端詳良久，想像著從莫內的眼睛，經過一層白內障的「所見障」的障礙，看到的睡蓮的模樣，又想像著要對睡蓮觀察多久，才能在視線有偏差時，依然一片片的憑印象浮現出來，這印象跟我們視力無礙的人又有何分別；是啊，果然如書本所說，是有點偏藍色。正看得入神，同行的人忽然有大發現似的說：「你看，近看著，這些睡蓮都很模糊，站遠處看，卻好像拍照一樣真實啊！」

當時第一個反應就是：「什麼？你連莫內後來失明都不曉得？」回過

神來想想，不能從莫內的視點去看莫內，不知道莫內的內情，這些睡蓮難道就不夠內涵了麼？會感動人心的，究竟是莫內的視力，還是他的筆跡？

偉大的作品，不需要背後的故事而偉大，我那位朋友，應該第一次看莫內，也只聽聞過梵谷的名字而不知其底細，就如同天真未鑿的童心看世界，會打動到他的，才是最原始的藝術力量。他是先看了作品，沒有任何功課帶來的包袱，覺得說不出來的與別不同，不是比我們這種先有資料然後有感的更純粹嗎？

這問題也一樣沒答案，畫家的油墨乾了，作品就屬於讀者了。

就像與一幅畫談戀愛

每想起納蘭性德那句「人生若只如初見」，心裡就會問：「初見一個人，我寧可事先聽到人人都說他好，好在哪裡，抑或之前一無所知，由我自己一眼一眼看到他的好？究竟，怎樣會更好？」

其實都好。一個有內涵的人如畫，有導遊導賞，會解釋給你聽，那人之所以常常沉默不語，不是他木訥，是很會專心聆聽別人，這樣就省去了不必要的誤會。少了這導遊，你看這人經常一言不發，慢慢發現他在沉思你說話時那神情，總是三七分面，讓你心動，那感動必然會更長久，因為是完全屬於你自己的。

上文提到，事先若不知道梵谷的精神狀態、莫內的視力問題，品嘗他們的好，或會有所缺失。如果畫家本人生平不詳，只能憑作品說話，那又先聽專家分析這幅畫好在哪裡，還是好比什麼都不懂的娃娃看世界般，先莫名感動了比較好？

其實都好。看你享受感受，還是急於研究，好在兩不耽誤，是次序先後的選擇而已。

會有讓我一眼就怦然心動的人，畫會震撼到發生感情的，不多。國立故宮博物院藏畫，據說有三寶，其中一幅是宋朝范寬的《谿山行旅圖》，那真是初見震撼，再見難忘。初見此畫只是二玄社一比一的高複製品，掛在故宮樓商店陳列櫃，只匆匆一瞥，「氣勢」兩個字從未如此生動過。但真是來去太匆匆，遠看掃描逐寸近觀後，就要離開了。

回程途中一直回味那氣勢，何以會生動到為人於天地間之渺小，而不自覺把頭低到塵埃裡？在車廂裡，已經急著憑遺落在腦海的畫面，把「巍峨」、「磅礴」這些空泛的印象，整理出一個所以然。這也太像跟一幅畫談戀愛了吧，喜歡一個人，總不甘心只懂得他很好，所以會胡思亂想他的輪廓，分析他魅力所在。

於是想起來了，就像人的長相，都是五官比例所致。《谿山行旅圖》的氣勢，也在於構圖比例。之所以「巍峨」，是山峰立在畫的正中，橫及左右兩端，上下頂天接近立地，唯一留白處，就是隔了一陣水霧的罅隙，下面才是松林密布的小山。

之所以「磅礴」，是結構對比的效果，行旅圖的旅人、車馬、樓閣，在禿禿的山壁下入納米模型，要用聞的距離才看得出來。關鍵跟所有視覺效果一樣，是比例的魔力。當時我感覺大概是七三比，巨峰簡潔的畫面，占據了七成空間，有「人氣」的行旅，都壓縮在剩下來的地面裡。是這黃金比例構建出「氣勢」，可以想像若八分是巨山，山峰就不只「巍峨」，而是岌岌可危，快要坍崩下來，這畫就不會有壓人而來又不失穩重大體了。

這次跟一幅畫先談戀愛然後才相處了解的經驗很美好。若早早看透了種種分析，那印象未必如初見時純粹的震撼。就好比戀愛專家介紹你一個對象，你雖然也會很愛很愛，可多了個中間人，感情像沒有完全屬於自己。

已經記不起以前上美術課，老師是先告訴我們這畫為什麼好看呢，還是會問我們有什麼感覺，又為什麼有這樣的感覺呢？我寧願是後者，留一個空間給天真無知的人，試著用自己的語言去表達感覺。這不光是開放欣賞的可能性，也關乎表達能力。「好美啊」、「好有氣勢啊」，每個人都會說，卻並不見得會解釋什麼是「磅礡」、「巍峨」，若就此去愛一個人，怕愛不長久啊。

ps：後來遍閱了許多《谿山行旅圖》的分析，那比例是三比二，有差一點點。其他可鑑賞處，當然比我想到的更詳盡更廣泛，讀者有興趣可先上故宮官網看看。

喜歡一個人，
總不甘心只懂得他很好，
所以會胡思亂想他的輪廓，
分析他魅力所在。

偶然一隻蚊子

最好笑是
「赤條條來到這世界」
那粉嫩的肌膚
是洗白之後的事
往後就是鋪滿塵埃的歷史
誰的身軀沒沾上過
別人的皮屑
獨立在
乾乾淨淨
白茫茫天地

那種清白
只有梅知道
偶然一隻蚊子
停留在
無血的枝椏上
別嫌牠髒
那是世界
存活過的證明
飛走之後
髒有髒的懷念
■

把自由還給自己
把自在讓給別人

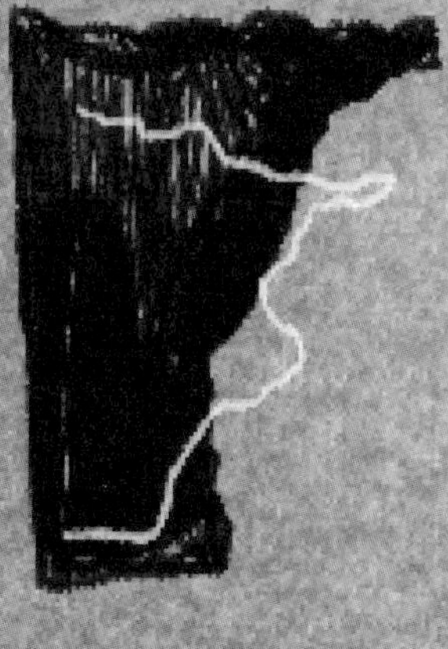

像空氣般活著

無臉人不過是
沒有五官你我他無差別
只要擁抱
或者舉手提問
照樣有機會妨礙到
一家人一條街的視覺
像人潮湧過一滴水　還是會弄濕了街頭
為了不讓人構成　壓　迫　感
存　在　感　萎縮到極致
大　可　像

空氣一樣活著
那也不能說是卑微
眾目睽睽下　有你等於沒你
把自由還給自己
把自在讓給別人
沒有你其他人以為如常大動作
卻不知終將缺氧而亡
此所謂行善不必為人知
功成不必在我啊 ■

但少閒情如吾兩人矣

人生境界，與品味情趣想通，順其自然，由重而輕，由濃入淡。然而一如由奢入儉，由濃轉淡甚難，不但口之於味如此，聞香之嗅覺亦然。鼻子與味蕾一樣，縱容不得，一旦習慣變麻木，只能墮入濃重的無底洞，要回頭歸零，如稚子初生敏銳，實是另一場人生修煉功課。

很久以前已習慣用香薰精油，別人在微溫水上放一兩滴，我不耐其瑣碎，大剌剌把瓶子朝水裡潑，才覺香氣觸鼻。及後越發躁急，直接把精油塗手腕頸項，把香精當香水辦，不聽專業人士勸說會傷及皮膚，失禮至極。平素自詡心平和、性恬靜，身體卻誠實得很，看來距悠然見南山境界遠甚。

古人說暗香襲人，我非得要明香衝我而來，日積月累，試問被茉莉精油燻慣了寵壞了，即便茉莉花本尊當前，也不識真味。所以，後來初嘗香道，不但未能入道，簡直是品味失敗總體驗。傳說中把香碳置香灰內，香柴鋪銀葉上，將爐蓋蓋上，稍待須臾，把聞香杯傳一圈，一人聞一抹沉香氣，一人一沉醉的場面，我是「聞」所未「聞」，越是用力索取，越是一無所獲。

好在六塵之中「聲色香味觸法」，於色，依然敏銳。香道全套，縱然暫時只權當道具，可擺出來的各種美，也不失為一個讓人心靜的布景。寫過一首歌叫「我愛花香不愛花」，比喻花心之人，倒過來說，我目前只能做到「只愛花式不求香」。

既然沉香於我緣分未到，就玩比較「有感」的線香。

光是香具的主角香爐，已足夠讓我愛上香道，尤其是漢代博山爐，仿道教仙山造型；有緣撫摸過真品，心為之震撼，可惜撼泰山易，用銀彈撼博山難，看過好多現代仿造的，幾乎想穿越回古代算了，否則，還真想買一個試試，欣賞香煙從孔洞滲出雲山霧罩的畫面。

有次與茶友聊天，中途他捧出一小座太湖石，在底部點一塔香，煙從這微型石山縫隙中騰升，也依稀有博山爐的效果。茶友說，他還要找一塊大點兒的，更皺更透更漏的太湖石，在上面弄一二枝椏，則風味足矣。

經此一聚，我開始收集帶香蓋的鬲式爐，就為了看不同香鬲焚香時升起來的煙霧，各有無可複製的千變萬象。爐蓋有像梯田向上收窄，蓋身橫紋罅隙的，煙霧會在頂端最強而周邊薄薄地烘托；長方形巧生爐的蓋子，燒起來煙霧隨線香移動。我最寶貝的一個是仿龍泉青瓷鬲式爐，配鏤雕花卉紋蓋，重點是那梅蘭菊竹花叢間的縫隙，香煙如百花齊放，緩緩上升。置於桌面聚光燈下，本來若有若無煙霧，線條霎時分明如煙似幻，卻又有跡可尋，有時邊寫作，邊觀賞煙的蹤跡，亦忙裡偷得閒情。

《菜根譚》云：「濃處味短，淡中趣長」，線香不濃，惟香煙之線條，隱隱然亦有淡淡意趣，香道雖未入道，也另有得道之處。

怎麼說？話說煙之飛升軌跡，原來無常如人生。不只一兩次，不是一天兩天的事，焚香完畢，煙從香鬲冒出頭來，我坐於正中間，煙霧偏偏不如人意，不朝我飄來，往左邊吹，很自然就會把它移到另一邊，以為反方向就能「首當其衝」。詭異的事情發生了，把它放在最右側，它又跟我作對似的，往更右邊吹。此情此景，有如目擊何謂人生不如意事十常八九、人算不如天算、天有不測之煙雲。

其實半點不詭異，一如現實，一切有因有果，那是空調影響氣流所致，空調出風口若是下垂或側吹，氣流也會隨牆壁或地面反射影響，有無數細微變化；加上線香並非筆直矗立，稍微歪一點，煙蹤會邊燒邊生變，真個如煙亦如幻，刻意不來、執著不得。

我幾經實驗，在地上另加一台風扇配合，也無萬全把握能隨心所欲。反而是我的心隨煙轉，煙不轉，我轉；我轉不來，也隨它去吧。如是我聞：

「坐香一品香三回，初品清鼻，二品鼻觀，觀想香趣，三品回味，肯定意念。」我之三品，一品風向莫測，二品人定勝「煙」，三品隨緣，肯定意念。本來就是要心靜，氣定神閒之人，何來時刻盯住煙從何處來，香往何處飄的機心？

到得近來，想起「應無所住而生其心」，心沒有停駐在一縷青煙，不為之罣礙，終於清空時，說來奇怪，我反而在無心之際，不時感到暗香是會襲人的，求之不得的體會，終於在無求時得著，這座「南山」，實在要「悠然」才見得著。

又，某年某日，夜，佳客來訪，神色悶悶然若有所思，謂雜務纏心，然眼見香火雖鼎盛，聞之忽濃忽淡，問何為其然也，我以煙霧不由人，苟非吾之所有，雖一毫而莫取，風向所及，則各隨遇而得。客似若有所得，喜而笑，烹茶品香，浮一大白。何夜無煩心事，又何處無香茗？但少閒情如吾兩人耳。

長路「忙忙」，聞一下邊上的花香又何妨？文震亨著《長物誌》，寫盡生活種種情趣，長物者，多餘之物也。然講究生活細節，並非全屬奢侈，天下本無一物多餘無用，例如古人放桌案上的小屏風，不讓香霧如煙四散，又如一路上被忽略的花香，若視之如無物，聞之無味，那才叫身無長物。

死因不明

一條命
死後本來
不過是一堆蛋白質偶然的組合
生前
始終是精子與卵子偶然的結合
會有痛的感覺
暗無天日之下的光天化日
人也可以不再像人
只是一組組肌肉
壓制另一組肋骨

一條命可以轟動一時
然後被另一條命遺忘
堅決而迅猛地
都沒可疑之處
真相如石沉大海
真理隨肉身腐爛
都是死因不明
只因對未來不明
不明脊梁何以要挺直
不明自己何以會淪為不明物體
■

給我一炷香的時間

給我一炷香的時間
傳說中最不科學的藉口誰知那根香有多長有多濃密
給我一盞茶的時間
給我一壺酒的時間
給我一朵花開的時間
古時最美麗虛無的計時法
萬一那不是曇花而葉子還沒發芽
給我回個口訊的時間
給我洗個澡的時間
誰知道口訊來口訊去又浸在泡泡浴裡睡死了

給我置業的時間
我會給你一輩子的時間
可生命比房價還要無常
還是一炷香時間最騙不了人
立誓兩造都是目擊證人■

重重的來輕輕的走

接近一世紀前
你沿著動盪時代一路走來
以淩亂步伐
在轟炸下背著的包袱
隨懂事以後越來越真實
那不堪面對的謀生啊
倒不如承受跟一個人的相處
變成終身工作
捆綁久了的繩索也會滋長感情
在那寧可不知明天的年代

要掙脫確實需要過人意志力
那大概是你有生以來順從自己呼喚的一次吧
愛情何其奢侈
恩情親情寄託在一葉舟上
所有顛簸只要確定不會沉沒
就靠不敢有大動作維持平衡
若再渺小的人也需要一點血性
忍耐就是你最筆直的姿態
只有天
懂得這是最柔軟的堅強
直到去日苦多

那塊曾經漂水上的葉子也沉沒了
你終於自由而你從不稀罕自由
總是在尋找像初生時的臍帶
緊緊抱著的生命是否只有自己已無須分辨
或者呼吸太久了會開始喘息叫順其自然
所以
於是你重重的來
就輕輕的走了▪

希望與憂慮是共生

希望是手
用來抓東西
空氣是摸不著的東西
緊握的拳頭感受不到「空」
有沒有霧霾粒子微生物細菌病毒氧氣二氧化碳
攤開來的掌上
有沒有染得黑黑的黃黃的藍藍的紅紅的「色」
不是要留下了自己指紋的
才叫「東。西」
憂慮是腳

尋找東西南北
邱吉爾說過沒有路但他有方向
我們希望的手會告訴腳
沒有方向卻有路
若掌心翻過來檢視一下
見步行步顛倒了變成
見步行步
先洗乾淨手背皺紋的碎屑
繼續走路走路走路走路走路走路走路
沒希望就無憂
走到哪裡是哪裡

哪裡有發現希望了
再憂慮有無所得吧
希望與憂慮共生
正如手足
如何切割■

——回應匈牙利詩人裴多菲《希望之歌》：「希望是什麼，是娼妓：「她對誰都蠱惑／將一切都獻給；待你犧牲了幾多的寶貝——你的青春——她就棄掉你」

國家圖書館出版品預行編目（CIP）資料

拚命無恙 / 林夕 作
--初版--新北市：香港商亮光文化有限公司台灣分公司，2022.05
面；公分
ISBN 978-626-95445-1-6（平裝版） / 978-626-95445-3-0（限定版）

855　　110020068 / 111004353

拚命無恙

作者　林夕
出版　香港商亮光文化有限公司 台灣分公司
Enlighten & Fish Ltd Taiwan Branch (HK)
主編　林慶儀

設計 / 製作　亮光文創有限公司
地址　新北市新莊區中信街178號21樓之5
電話　（886）85228773
傳真　（886）85228771
電郵　info@enlightenfish.com.tw
網址　signer.com.hk

法律顧問　鄭德燕律師
出版日期　二〇二二年五月初版
二〇二二年七月二版

ISBN　978-626-95445-1-6（普通版）/ 978-626-95445-3-0（限定版）
定價　NT$ 380元 / NT$ 550 元